楮林山之歌

王文铿　主编

海峡出版发行集团 | 福建人民出版社
THE STRAITS PUBLISHING & DISTRIBUTING GROUP | FUJIAN PEOPLE'S PUBLISHING HOUSE

图书在版编目（CIP）数据
楮林山之歌 / 王文铿主编. -- 福州 : 福建人民出版社, 2025. 6. -- ISBN 978-7-211-09774-6
Ⅰ. I247.5
中国国家版本馆CIP数据核字第2025AP5436号

楮林山之歌
CHULIN SHAN ZHI GE

主　　编：王文铿
责任编辑：陈斯敏
美术编辑：王　玮
责任校对：李雪莹
出版发行：福建人民出版社　　电　　话：0591-87604366（发行部）
网　　址：http://www.fjpph.com　　电子邮箱：fjpph7211@126.com
地　　址：福州市东水路76号　　邮　　编：350001
经　　销：福建新华发行（集团）有限责任公司
印　　刷：福州德安彩色印刷有限公司
地　　址：福州市金山工业区浦上B区42幢
开　　本：787毫米 × 1098毫米　1/16
印　　张：9.25
字　　数：70千字
版　　次：2025年6月第1版
印　　次：2025年6月第1次印刷
书　　号：ISBN 978-7-211-09774-6
定　　价：36.00元

2022 年 9 月，王仲莘（右）与王文铿合影

序一

王仲莘

王文铿同志主编的《楮林山之歌》一书，经过一段时间酝酿和准备，现在终于和读者见面了。

这本书的出版，对于传承闻名省内外的楮林山“不老松”精神，推动各项事业的发展，具有重要意义。下面我想就什么是楮林山“不老松”精神及其现实意义谈一点看法。

20世纪五六十年代，建阳县小湖公社农民、华东区农业劳动模范黄仁盛带领社员将“荒山变宝山”，写就“楮林山上不老松”的传奇故事。那么，什么是楮林山“不老松”精神？有人说，楮林山“不老松”精神就是艰苦奋斗精神。这个回答对不对？我认为是对的，因为黄仁盛艰苦奋斗的事迹的确很突出，值得学习。但是，仅仅“艰苦奋斗”这四个字，还远不足以表达黄仁盛的崇高精神境界。所以我在回答这个问题时，选择了另外六个字，即“革命乐观主义”。

黄仁盛的革命乐观主义精神表现在哪里？我认为主要有三个方面：

第一是不怕困难。首先是生产上的困难。黄仁盛只身上山的时候，一个人，一把锄头，要整理好60多亩茶山，怎么能没有困难？其次是生活上的困难。没有房子住，没有菜吃，自己干活自己做饭，蚊咬、兽侵、雨淋、风吹……但是，这么多的困难没有把他吓倒，都被他一个一个克服了。

第二是精神高尚。不管什么困难都改变不了黄仁盛意气风发的精神状态。不论是在吃盐水下饭的时候，还是夜间站在大树底下挨淋的时候，还是修建炭窑遭受七八次失败的时候，还是新春佳节一个人坚持在山上劳动的时候，都看不到他愁眉苦脸的样子，他始终那样欢乐，始终充满着劳动和斗争的乐趣。

第三是富有理想。他相信党，相信人民，相信社会主义的明天必然更美好。所以，不管遇到什么困难都动摇不了他前进的脚步。在开荒初期极端艰苦的日子里，他想的不是打退堂鼓，也不是如何“维持现状”，而是美好的明天。在开荒种茶的时候，他就想着如何使茶叶早收益、多增产；在管理茶园的时候，他就想着如何办茶场，提高茶叶产量和品质，把茶山建设得更美好。

看了以上这三条，我想没有人会对黄仁盛的革命乐观主义精神表示怀疑，而看到黄仁盛在各种困难面前始终保持乐观向上的精神状态，我们又会感到把“革命乐天派”这个称号赋予他是再恰当不过了。

为了让年轻的朋友了解这段历史，我想在这里有必要介绍一下当年楮林山“不老松”精神是怎样传播开来的。1961年正处于三年困难时期，党中央要求各级党报党刊多做鼓舞人心的正面宣传。为响应中央的号召，《福建日报》发表了不少介绍先进典型的报道，其中最有影响的就是宣传建阳黄仁盛“不老松”精神的报道。1961年11月28日，《福建日报》发表了记者王文铿，通讯员黄金山、朱云旺采写的长篇通讯《楮林山上不老松》，浓墨重彩地介绍了黄仁盛的感人事迹。11月30日，《福建日报》又发表了我用笔名“朱丹红”写的评论《革命的乐天派》。12月7日，《人民日报》用将近一个版的版面，全文转载了《福建日报》发表的通讯和评论，将黄仁盛这个先进典型推向全国。因此，楮林山“不老松”精神不仅在福建省，也在全国产生了积极影响。

楮林山上“不老松”的传奇故事的诞生，已经过去了半个多世纪，但是黄仁盛身体力行所造就的“不老松”精神并没有过时，仍然具有重要的现实意义。

比方说，当前全省人民正在奋力谱写中国式现代化福建篇章，其中一项很重要的任务就是乡村振兴，而乡村振兴必然会遇到许多困难，甚至艰难险阻。要战胜困难和艰险，就要发扬黄仁盛当年开发楮林山的那种艰苦奋斗、乐观向上的精神，不畏艰难险阻，勇于攻坚克难，持之以恒艰苦创业。只有这样，才能不断推动农村各项事业的发展。

又比方说，乡村振兴的重要任务之一，就是大力推进各种产业，特别是特色产业发展。小湖镇一带是水仙茶的发源地，需要下大力气做好水仙茶为重点的“三茶”（茶文化、茶产业、茶科技）工作，而黄仁盛是现代水仙茶的传承人，他在这方面作出了重要贡献，也积累了丰富经验。如何运用这些成就和经验，做好“三茶”工作，也是一个重要方面。

再比方说，楮林山经过黄仁盛一代人和后来人的开发，面貌已经发生很大变化。现在有关部门又在山上建起“仁盛亭”以纪念黄仁盛，还准备在楮林山山顶上设立水仙茶发源地的标志物，这些都是重要的文旅资源，利用这些有利条件发展旅游业，也大有可为。此外，小湖水仙茶的茶文化，也是发展旅游业的一大优势、一大特点。

乡村振兴既要抓好物质文明建设，又要抓好精神文明建设。学习发扬黄仁盛的崇高道德风范，自然是精神文明建设的一项重要内容。

最后，要再回到“不老松”精神上来，有学者指出：黄仁盛同志身上体现的信仰的力量和奋斗精神非常可贵，对激发每一个共产党员的先锋意识很有意义，当年《福建日报》所作的“革命乐天派”的概括也很有感染力。怎样激发广大群众、共产党员的高尚情操和精神力量，一直是宣传工作、文化建设的一个重要问题。因此，怎样运用好黄仁盛这样的先进典型，也是一个需要深入思考并不断创新的命题。

我认为这位学者提出的这个问题非常重要。就是说，一方面，我们要运用黄仁盛这个先进典型，振奋革命精神，坚定信心，勇往直前，推动农村各项事业发展；另一方面，我们要在实践中不断丰富和发展“不老松”精神，创造新形式，积累新经验，使之永葆青春活力。

应文铿同志之约，我对《楮林山之歌》一书，写了上面一些看法，不当之处，请读者指正。

序二

马照南

甲辰龙年（2024年）春节，电话响起，我一接便知道是老领导王仲莘同志打来的，话筒传来他略带胶东地方的口音，特别亲切。他说："王文铿同志主编的《楮林山之歌》很快就编成了，我已写了序一，你也写一点意见吧。"王部长思想深邃，思虑缜密，德高望重。作为他的部下和学生，我知道他的思考和工作习惯，略想了想，回答："我试一下。"

我年轻时在建阳工作，对黄仁盛的感人事迹早有所闻。到省委宣传部工作以来，王仲莘同志多次谈到黄仁盛同志。我根据他的意见，持续推动黄仁盛先进事迹深化宣传。

黄仁盛是农林战线一面鲜艳的旗帜，是难得的好典型老典型，是一株常青树。近日我又读了黄仁盛同志的事迹，依然十分感动。年近六旬的他，抱着

“要让村民们吃上饱饭、要为光秃秃的楮林山披上绿衣”的坚定信念，毅然决然独自卷着铺盖上了楮林山，开山绿化、垦荒种茶、套种杂粮。这是何等的自觉和勇气！在他的带动下，10余名老农和40多名青年也陆续上山，风餐露宿，辛勤劳作。他们让300多亩茶山渐成规模，并建设制茶厂。产量最高时一年收获优质水仙茶7000多公斤、杂粮7500多公斤、药材1800多公斤。黄仁盛带领村民们银锄挥舞，赶走昔日遍野荒凉，让“荒山变宝山”的梦想成真。在黄仁盛“不老松”先进事迹的影响下，当年小湖公社成立了10多个耕山队，建阳县成立了80多个耕山队，造林护林，艰苦创业，奋斗不止。“绿水青山就是金山银山”。如今的楮林山，树木成荫、郁郁葱葱，鸟啼虫鸣、满眼生机，绿色生态、美不胜收。黄仁盛所在的小湖镇大湖村，还是中国水仙茶的原产地。小湖水仙茶作为乌龙茶类的上乘佳品，是48个“中国国家级茶树良种”之一。如今楮林山一带，水仙茶种植面积1万余亩，产值达13亿元。“小湖水仙”正式注册成为中国地理标志证明商标。小湖镇获得了“福建省生态乡镇”“福建省绿色乡镇”“福建省文明乡镇”，“中国最美村镇——乡村振兴榜样奖”等荣誉。

黄仁盛数十年如一日，护山耕山、种茶制茶的事迹突出、成效显著、精神感人。王仲莘同志将之概括为“不老松”精神。他认为仅仅用“艰苦奋斗”这四个字，远不足以表达黄仁盛的崇高精神境界。他认为黄仁盛表现更突出的是“革命乐观主义”。王仲莘同志称之为“革命的乐天派”。这种革命乐观主义包含艰苦奋斗，但含义更为丰厚、更为深刻、更具现实意义。正是有了革命乐观主义，黄仁盛不惧任何困难，孤身上山，住草棚、吃杂粮，蚊叮虫咬、风吹雨淋、严冬酷暑，都不在话下；正是有了革命乐观主义，黄仁盛不惧孤独，埋头苦干，始终意气风发，始终充满劳动和斗争的乐趣，是生活中的乐天派；正是有了革命乐观主义精神，黄仁盛不计个人得失，一心为集体，一心为公，为了集体的利益，他甘愿承受生活的艰难。他富有理想，始终相信党，相信人民，相信社会主义的明天必然更美好。

王仲莘同志深刻分析革命的乐天派精神产生的时代背景，就是中国共产党带领全国人民建立新中国，人民成为国家的真正主人。由此激发起黄仁盛同志强烈的主人翁意识和为人民为子孙后代造福意识。

王仲莘同志的分析，深刻把握黄仁盛丰富精神世界的特征，富有理论性，准确精确。作为优秀共产党员、劳动模范的黄仁盛同志正是有了坚定理想信念，有了强烈的主人翁意识，有了为集体为人民为国家谋福造福的自信、责任感和意识，所以表现出常人难以相信、难以理解的吃苦精神、奋斗精神、乐观精神。黄仁盛的精神，不仅表现出人民群众对党的信任拥护爱戴，而且更突出表现出的是对党全心全意为人民服务本质要求的深刻理解，对党的奋斗目标的不懈追求和自觉践行。从精神文化层面看，革命乐观主义，革命的乐天派，洋溢的是满满的文化自信和文化自觉。

王文铿同志主编的《楮林山之歌》，生动再现优秀共产党员、劳动模范黄仁盛的事迹和崇高精神，让我们可以咀嚼和回味那段艰辛而辉煌的历史，让我们走进先辈丰富而高尚的内心世界，感受到他们的斗争豪情。革命乐观主义，艰苦奋斗精神，在走向强国建设和民族复兴的伟大征程中，永远是我们前进的不竭动力。

目录

第一辑　开荒创业楮林山

第二辑 “不老松”精神的传承

第三辑 黄仁盛与水仙茶的不解情缘

第一辑

开荒创业楮林山

楮林山上不老松*

——记共产党员黄仁盛带领群众艰苦奋斗开发山区的事迹

通讯员　黄金山　朱云旺　记者　王文铿

编者按：这篇激动人心的通讯，介绍了建阳县小湖公社大湖大队六十二岁的老社员黄仁盛开发山区的斗争事迹。这位贫农社员胸怀磊落、意气风发，为了发展集体经济，为了子孙后代的幸福，带头上山，战胜了生产生活上的种种困难，打开了一条建设山区的大道。接着，他和随后上山的耕山队员们，继续发扬艰苦奋斗的精神，辛勤劳动，不断革新，终于把一片荒凉的楮林山，建设成为建阳县第一茶山。在开发山区斗争中，黄仁盛经历了严峻的考验，表现了崇高的风格，在六十寿

* 本文原载《福建日报》1961 年 11 月 28 日。

辰的时候，他被吸收入党，成了光荣的共产党员。如今，老人黄仁盛好像一棵不老的青松，挺立在楮林山上，成为广大山区人民学习的榜样。

建阳县山区人民广泛传颂着一个白发苍苍的共产党员带领社员把一片荒芜贫瘠的山岗，建成建阳第一茶山的英雄故事。这位白发红心的老人，就是小湖公社大湖大队贫农出身、六十二岁的老社员黄仁盛。

为了集体利益，为了把贫困的山区建设成人间乐园，1956年，黄仁盛只身上了杳无人烟的楮林山，靠着一把锄头一双手，开垦荒山发展茶叶生产，带动了山下十二个五十岁左右的老农上山，跟他同甘共苦，开荒种茶，历时五年，终于把荒芜贫瘠的楮林山建成建阳县最大的茶山，并建设起新的茶场。

黄仁盛老汉不畏困难、改造自然的革命英雄气概，受到广大群众的敬佩，得到党和政府的重视和支持。几年来，他曾先后八次被邀请出席专区、县的先进生产者会议，受过表扬和奖励。当他六十大寿的那一年，他得到了一生中最大的荣誉，党批准了他的申请，他成为一名光荣的中国共产党党员。

福建日報
FUJIAN RIBAO
第4403号　1961年11月28日　星期二　今日四版

要提倡勤儉建国。要使全体青年們懂得，我們的国家現在还是一个很穷的国家，并且不可能在短时間内根本改变这种状态，全靠青年和全体人民在几十年时間内，团結奋斗，用自己的双手創造出一个富强的国家。
——摘自毛泽东：“关于正确处理人民内部矛盾的問題”

与天奋斗　其乐无穷　与地奋斗　其乐无穷

堵林山上不老松

——記共产党員黄仁盛带領群众艰苦奋斗开发山区的事迹

在这篇激动人心的通讯里，介绍了建阳县小湖公社大湖大队六十二岁的老社员黄仁盛开发山区的斗争事迹。这位贫农社员胸怀远大、意气风发，为了发展集体经济，为了子孙后代的幸福，带头上山，战胜了生产生活上的种种困难，打开了一条建设山区的大道。接着，他和随后上山的拓山队员们，继续发扬艰苦奋斗的精神，辛勤劳动，不断革新，终于把一片荒凉的堵林山，建设成为建阳县第一茶山。在开发山区斗争中，黄仁盛经历了严重的考验，表现了崇高的风格，当他六十寿辰的时候，被吸收入党，成了光荣的共产党员。如今，老人黄仁盛好象一棵不老的青松，屹立在堵林山上，成为广大山区人民学习的榜样。

社員会上提倡議　决心征服堵林山

遇到困难不灰心　相信群众相信党

只身离家住山寨　老夫老妻心一条

风吹雨打都不怕　千辛万苦为大家

开山种茶初告捷　社員摘歌贊老汉

和尚寺里去“取经”　茶叶年收又高产

自己动手筑炭窑　山上办起制茶厂

社論

革命的风格万岁

1961年11月28日《福建日报》相关版面

注：如图所示，当年首次报道时，将地名写为“堵林山”，后经核实应为“楮林山”，因此为保证全书规范性和一致性，文中该地名统一采用“楮林山”一词。

社员会上提倡议　决心征服楮林山

故事要从头说起。

1955年4月，大湖村几个互助组联合起来成立了初级社，贫农出身的互助组组长黄仁盛被大家选为社长。仁盛老汉当了社长，担当起领导大家走向共同富裕之路的重任，责任感一直驱使着他日夜思想：在这个贫困的山区，如何发展生产，才能让大家日子过得更好？有一天，他听到老农黄嗣金和高雄成两人在一起议论，一个说："解放后依靠集体力量，增产了粮食，肚子饱了，可是光有粮没有钱，生活还是过不好。"另一个说："对，钱不多做田也没本钱，买肥料添农具光靠国家贷款也不是长久之计，应该搞点副业。"他心里一亮，对呀！除了种田，就是应该搞点副业，便不由又想起了开垦荒山种植茶叶的门路来。原来，他自幼丧父，家里上无片瓦，下无寸地，生活逼得他十七岁便上山住寮，开荒种粮栽茶，过着艰苦的耕山生活，一晃过了几十年，直到解放，党领导农民闹翻身，他才走出深山，参加土地改革，分到土地，住上新房。接着，他又带头组织互助组，生活一天好似一天。但是，他却一天也没有忘却那许多未被开发的荒山。1954年，党发出了开发山区的号召，他便发动组员上山开荒种茶，但那时互助组力量小，人心不齐，没有搞成。如今办了初级社，集体力量比过去大，有党的领导支持，什么困难克服不了？他不由雄心勃勃，决定向社员提出开垦荒山种植茶树的计划。

在一次社员大会上，他向社员宣传开垦荒山种植茶树的好处时说："村后就是楮林山，别看它荒，却能出宝，如果在这儿种茶，几年后收了茶叶卖给国家，既能支援国家建设，又能增加集体收入，茶山上套种番薯和杂粮，还能增加粮食产量。茶树旺产期过后，再种上油桐、杉、松，万年得利。"有人问他："仁盛，你都快六十了，不说种桐种杉，就是栽茶，收成也得几年，你这是何苦？"他听了毫不动气，只是微笑道："前人种树，后人乘凉，有何不好？"一席话说得许多人口服心服，不由赞道："对，这是阳关大道！古话讲过金山银山不如茶树上山，开山种了茶，今后日子才能更好过。"

遇到困难不灰心　相信群众相信党

社员们思想通了，大家做好准备，仁盛老汉便带大家上山去。楮林山山陡崖高，到处是乱石荆棘，荒草杂木比人还高好几倍，加上山风呼啸，虫声唧唧，越发显得荒凉。好不容易爬到山腰，找到一处场址，开起荒来，举锄碰石，火星直冒，虎口发麻。有些社员原来心里火热，看到山上这般荒凉景象，开荒这般困难，便摇头叹道：“在这样荒山上种茶，困难太大了！”仁盛老汉听了心想：旧社会逼得我只身上山，耕山数十年，多少苦都吃了，如今开发山区是党的号召，开荒种茶有党的支持，再难又算什么？一想，反而信心更大。他站在山石上嘶哑着喉咙说：“兄弟们，当初我来这里，只是一双手一把锄头，如今我们在党的领导下，有了长长的开荒队伍，力量比我过去大了不知多少倍，众人抬山山会动，只要大家意同心齐，不怕这座荒山不变金山。”说罢，抢先为大家铲草开路。在他鼓舞下，社员们也个个使劲挥锄，突击几天，开出了荒山三十亩，并种下了茶苗和番薯。

万事起头难。头一年，黄仁盛带动社员在楮林山开荒种了茶苗和番薯，但是因为没有人上山管理，结果，天气一旱，山上茶苗全部枯死了，番薯也没有收成。老农高雄成劝仁盛老汉说："种茶一两日，管茶要长年，茶山没人管理，种茶也是白费工。"高雄成没有把仁盛老汉劝止，反而启发了他：对，管茶山的任务比开茶山还艰巨，今后要开山种茶，必须过好管理这一关。

只身离家住山寮　老夫老妻心一条

但是究竟叫谁上山管理呢？他想：有的社员怕苦不去，党员、干部工作忙，又去不得，这样看来还是自己带头去。他拿定了主意，便回家和老伴商量。他的老伴是个明理的妇女，听了便说："我们有了党，才从山上搬下来，分了田，住上了新房，如今党号召开山种茶，需要你上山去，你还能不去？"她想了想又说："你上山自己要当心，我就放心。家中你不必挂念，只是常回家来看看，顺便给我砍担柴火就行了。"老夫老妻，说得哈哈大笑。仁盛老汉得到老伴的支持，信心更足，他向党支部提出了上山管理茶苗的要求。党支部书记邵金兴起初担心他年纪大了，上山不便，但还是被他那股开发山区的热情打动了，便对他说："盛伯，你这个决心下得对，党一定支持你。你带头上山只要搞得好，今后一定会有更多的人跟你去。"黄仁盛得到党支部的支持，立即辞了初级社社长的职务，第二天便挑了铁锅、碗、筷、行李和山锄上山了。党支部为了支持他，发动了四十多个青年积极分子上山，帮他突击几天，开荒三十多亩，又把去年荒芜的三十亩茶山重新开出来，种上茶苗和番薯。

青年社员上山开荒种茶完毕，一个一个下了山，只有仁盛老汉自己留在山上，搭起一座茅棚住下管理茶苗。这件事引起了社员们的纷纷议论。有的说："嘿，他家有老伴，上山又没依靠，肯定没几天就要下山。"也有的说："这样老的人，一个人留在山上能干些什么？"但是，也有不少人敬佩他那倔强勇敢的性格和大公无私的行动。在他坚持住山的第三天，老农黄仁贤也主动扛锄上山，对黄仁盛说："仁盛，你一个人在山上为集体管茶，我上来给你当个助手吧！"他和仁盛老汉一起住在茅棚里，一块劳动，但是，没几天，他过不惯山上的艰苦生活，又卷起行李下了山。

风吹雨打都不怕　千辛万苦为大家

仁盛老汉一人坚持在山上过着艰苦的生活。他每天从早到晚忙着茶山除草、松土、追肥，三餐还要自己煮。有时碰上下雨，山上柴草湿淋淋的，烧起来光冒烟，煮一餐饭要花上大半天工夫。“怎么办，难道叫我上山光煮饭不干活？”后来，他想了个“一天饭一顿煮”的办法，每天天没亮，就起床生火，把当天的饭煮好，这样便节省出许多时间来多干许多活。有一天，党支部书记邵金兴来到山上探望他，翻开锅盖只见锅里半锅剩饭，没见剩菜，便追问他：“仁盛伯，你吃什么菜？”黄仁盛笑道：“我吃的是便菜哩。”邵金兴要看看“便菜”，黄仁盛便从炉灶边拿起一个竹筒，打开盖子递了过来，邵金兴接过竹筒，只见半筒白水，闻也没味，用舌头舔了一下，不由皱起眉头说：“盛伯，你怎么光吃盐汤？”黄仁盛微笑地说：“解放前，我天天吃薯米汤，配盐汤，还把日子熬过来了，如今吃上白米干饭，配盐汤，大胜往日，有什么不好？”邵金兴发现了这个情况，下山以后，便经常叫人给黄仁盛送酱油、腌菜和其他副食品，帮他把吃菜的问题解决了。

仁盛老汉住在山上的茅棚里。冬天，刺骨寒风从四面八方钻入茅棚，冻得他一夜睡不着觉。夏天，蚊子成群成群地飞来，他用枯草烂树叶烧烟驱蚊，上半夜火旺烟多，把山蚊驱走了；下半夜下了露水，烟熄了，山蚊飞来更多，他的两脚两手要擂鼓般不停地打蚊子，根本不能睡觉。下雨天，草棚漏了雨，晚上又得盖棕衣睡觉。一天午夜，风雨大作，他从梦中醒来，发现草棚已经被狂风刮翻了顶，他只得穿好棕衣，摸到附近的一棵大树下躲雨。这时，他也曾想过：“住在家里多好啊！”但是，他又想起了党支部书记、工作组经常说的当年红军二万五千里长征爬雪山过草地的故事，便责问自己：“受这样一点点苦算什么？”风雨越来越大，他却像钢铁巨人般站在大树下，丝毫不动。第二天雨过天晴，他回到草棚里一看，东西都湿透了，锅灶也被山水冲垮了，他顾不上砌灶煮饭，便开始晒被单，修茅棚。这时，曾经上山和他作伴的黄仁贤，受党支部和仁盛老伴的委托送早饭上山，看到仁盛老汉像落汤鸡一样，还在那里修茅棚，便皱起眉头叹惜地说："仁盛，我真不晓得你打的什么算盘，你想当官，年纪太大又缺文化，图发财，你又没子没孙，何必这样活受苦？"仁盛老汉听了又生气又好笑，他想这人头脑多糊涂，便反问黄仁贤："你说，过去许多革命战士和敌人打仗，流了血，拼了命，他们图的是什么？打的是什么算盘？"黄仁贤听了这话，心里默默地想：仁盛呀，仁盛，你真是大公无私，什么时候都不变色啊！他对仁盛老汉更加崇敬了，连忙动手，帮忙修起茅棚。

开山种茶初告捷　社员编歌赞老汉

黄仁盛冲过一个又一个的难关，把社员们新开的六十多亩茶山管好了，茶苗都成活了，茶山上的番薯也长得很好。到了秋收季节，社员上山挖番薯，一共收了一万四千多斤。仁盛老汉看见大家收得不仔细，又一块一块把地翻过，复收了薯块两千多斤，他自己一块不动，捎了话，叫人上来，全部挑下山去，交给社里。这样爱集体的精神更使社员们感动。山下社员们一面分番薯，一面你一句，我一句，凑了一首表扬仁盛老汉的快板诗：“楮林山上茶山好，种了茶树又收粮，千年荒山变金山，仁盛老伯功劳高。”

楮林山上的茶山收了粮食，茶苗又长得一片葱郁，这个事实像磁石般吸引了大家。1957年春，山下已经成立了高级社，集体力量更大了，社员们便自动上山，帮助黄仁盛老汉突击劈草开荒，又开了荒山四十多亩，种上了新茶苗。曾经伴仁盛老汉上山住过几天的黄仁贤，这时又主动对仁盛老汉说：“你的路走得对，我今后一定跟你走。”接着，老农黄文金、黄嗣金等十一人也自动要求组成耕山队，上山管茶苗，并选了仁盛老汉当队长。

和尚寺里去“取经”　茶叶早收又高产

仁盛老汉领导耕山队在山上垦荒种茶管理茶苗，并在茶山上种了番薯、玉米和姜黄等药材。这时他又夜以继日地想下一步了：楮林山土地贫瘠，过去种茶叶，一般四年后才能剪尾，五年小采。这个状况能不能改变呢？有一次，他和几个老农研究这一问题，大家都说，孙行者跳不出如来佛的手心，这是老规矩改变不了。但是，黄仁盛不同意这些看法。他想：水稻、番薯、花生等产量都能显著提高，为什么茶树不能早产茶多产茶呢？一天，他到了楮林山上的和尚寺，偶然看到寺内天井的花丛中，长着两株一人多高的茶树。这两株茶树茎粗，枝节间距短，发芽多，一株一年至少可产茶三四斤。他想：和尚再巧也是人，他种茶能种得这样好，我们为什么不能？他便叫大家一块到和尚寺，现场研究了这两棵大茶树的生长情况，大家一看心里都亮了。老农黄嗣金说：“和尚寺茶树种得好，主要是土松、肥足、管理好，我们茶山到处是树头、树根、乱石，地像铁板一样硬，我看要提高茶叶产量，就要打破老规矩，不要等树头、树根腐烂，要动手挖掉树头，做好松土。”老农高雄成也说：“和尚把茶树当作花来看待，茶树上不见一丝草一只虫，我们也可以这样干。”“对，我们向和尚学习。”黄仁盛同意大家的看法。说干就干，回来，他便带头拿起山锄、斧头上了茶山，见有高树头，就用斧头砍，土里有树根，就用山锄挖，许多人都跟着他干起来。但是秋冬季节少雨，茶山土地硬，挖树根要用大力，许多人干了两天，手掌磨起了血泡。这时有人主张等春天雨季地松后再挖树根。但是仁盛老汉却想，春天正是茶树发枝吐芽的时机，秋冬季节挖掉树根，春天茶树多发芽，产量才能提高。因此便对大家说："打蛇要打七寸，干活也要抓时机，现在我们挖树根、松土吃些苦，明春茶叶产量就可提高。"他又根据冬天早晨云雾多，土地潮湿，挖树根容易的特点，建议大家每日清早挖树根，其余时间砍树头、除杂草。大家这样做了，果然，树根挖得又快又好。一个多月时间，就把茶山上大部分的树根、树头清除了，茶园土松，茶苗长得很快，1956年种的茶苗到1958年首春便剪尾，二春三春就可以小采，一共收了茶叶一千多斤。过去那样"四年剪尾，五年小采"的山茶低产状况被改变过来了。

自己动手筑炭窑　山上办起制茶厂

仁盛老汉领导耕山队精心管理茶园，使茶叶产量大大提高了。但是，头一年生产的茶叶，大多是"二等中"和"三级上"的低级茶。这件事又使他苦思了起来。他想：茶叶产量虽然高了，可质量不高，还是不能增加收入。他细致地分析一番，发现茶叶质量不高的主要原因是：茶山松土追肥后，茶叶长得快，叶子厚，苦水多，揉茶没有多用工，苦水没去尽，茶叶才不香；再加上茶山离村远，山上采茶青，挑回村里加工，茶叶堆在篓子里发了黄，制出茶叶的色泽也不好。这样看来，要提高茶叶质量，就得靠自己动手在茶山上建茶厂，就地采茶就地制茶。他对社员们说出了自己的想法，还给大家指出山上办茶厂的有利条件：山上有一座破庙可利用来做厂房；山上石多，砌茶灶不用买砖头；山上还有枯木可用来烧木炭，焙茶有充足燃料。大家一听有道理，办茶厂的劲头也来了。高云成、黄嗣棣负责砌茶灶，连夜踏着月光上山搬石头、运黄土，其他老汉当天收工时，也抬回枯木，为烧木炭做准备。黄仁盛老汉自己负责最难搞的工作——筑炭窑。开头没经验，操作不得法，炭窑筑了垮、垮了筑，前后失败了七八次，最后请老农黄文金帮助，两人整整忙了半个月，才把炭窑筑了起来。炭窑筑成，他们就抓紧秋冬少雨季节烧木炭。到了1958年农历除夕，仁盛老汉把耕山队的老农们都打发回家过年，自己留在山上一边看守炭窑、烧木炭，一边利用炭窑的火烤着茶山上刚收回来的姜黄。党支部书记邵金兴和工作组的许同志发现这情况，上山动员他回来过年。他说：“我现在天天吃好饭好菜，和解放前比，哪一天不算是过年？”邵金兴和许同志一定要他下山过年，他皱着眉头说：“说实话，我不能回去。这窑炭正在旺火，这是第一窑，一定要烧好。再说茶山上收回来的姜黄不烤干，也会烂。”邵金兴对他千说万说，最后才把他动员回家。他在家里过了一个大年夜，大年初一清早，拿了两块年糕塞在嘴里，又上山了。他在山上烧了一窑又一窑的木炭，到1959年清明前，茶厂的准备工作全部完成。这一年茶叶做到了就地采就地加工。他和其他耕山队老汉亲手炒茶青、揉茶青、焙茶，精制出大批一等茶。三级茶几乎没有了。

花甲之年逢双喜　光荣入党人人夸

1959年10月的一天，山下社员办人民公社整一年，也正是黄仁盛老汉六十大寿后的几天，他在茶山上得到了一个终生难忘的喜讯。党支部书记邵金兴上山来对他说：“盛伯，根据你的申请和你一贯的表现，上级党委已经批准你入党了，你今天跟我一起下山去，参加支部大会吧。”这时仁盛老汉喜得像一个天真的小孩，瞪着两个圆圆的眼睛，看着党支部书记，激动得说不出话来。他跟着党支部书记飞快地下了山，一进村，便到处找理发师借剃刀刮胡子，回家又打开衣橱把县里奖励的新卫生衣穿上，还贴到老伴耳旁，轻声细语地说：“我从今天起是一个年轻的共产党员了，今后不许你再喊我老的、老的。”在支部大会上，他两眼闪烁着幸福的泪花，挺着胸膛直立在党旗和毛主席像前，庄严地向党宣誓。他说：“党，是你解除了我的苦难，是你给我带来了幸福，我只要还有一口气，就要继续听你的话，跟着你走，为革命事业奋斗到底……”

仁盛老汉入党后，真是越来越年轻了。入党前，他在茶山上风里来雨里去，见草就锄，见原有的老树根就挖，三年中一共磨坏十六把锄头、斧头、柴刀等。入党后，这两年来他仍和当年一样，天天出勤，一年到头，除了开会和有时送柴下山照顾老伴生活外，其余时间都在茶山上劳动。1960年一年他做到五千三百多个工分，超过定额一倍多，比劳动最好的社员还多做了工分两千多分。

仁盛老汉入党后，也更加热爱集体事业了。1960年春天，许多新茶树大量采摘，晒茶场地也要随着扩大。大队党支部和管委会考虑到耕山队在茶山上白天采茶，晚上制茶已经够忙了，便请了几个木工，准备上山锯木板，给他们搭晒茶坪。但是，仁盛老汉细算了一下，锯木板搭晒茶坪既要多用木材，又要多花二百多元工资，他和耕山队老农商量一番，便把大队请来的木匠辞了，自己利用中午、晚上的休息时间，在茶厂的附近的山坡上利用一个低洼地方开了一个晒茶坪，节约了建茶坪用的木材和工资。

革命风格处处传　青年向往新山区

从1956年春天黄仁盛老汉只身上山艰苦创业，到耕山队成立，扩大垦荒战果，时间已经五年了。五年，时间不能算长，但是黄仁盛老汉当年改造自然的壮志，要把荒山变成金山的理想，却逐步变成现实。昔日杳无人烟、野兽成群、一片荒凉的楮林山，如今变成了繁荣富裕、景色诱人的建阳第一茶山。现在，再到楮林山去，传说中满山的荆棘、乱石、兽窝，已经不见了，而一幅生气勃勃、欣欣向荣的画面，在你的面前展开。那整整齐齐从山麓一层又一层直叠上山腰的梯园，满栽青葱翠绿的茶树，白瓣黄心的茶花点缀其间，空气中散发着阵阵茶香。五年中，他们一共垦荒种茶三百一十多亩，从1956年起，已经生产二万五千多斤上等香茶。这儿不仅是茶山，也是粮山、药材山。每年，他们利用茶山套种粮食，除了耕山队自用外，还有五千多斤余粮卖给国家。山上套种了许多药材，仅姜黄一项1960年就收了三千六百多斤。

这儿，如今成了一颗光芒四射照耀山区的明珠，成为许多青年人向往的地方。仁盛老汉走到哪里，哪里的男女社员都围拢着他，问长问短，向他了解楮林山上的近况。那些青年小伙子和红领巾们还央求：盛伯，请你给我们讲讲在楮林山上种茶的故事吧！复员军人黄礼聪，从部队回来一打听到楮林山上的消息，便毅然拜仁盛老汉为师，背行李上到楮林山去了。

楮林山的明天是个什么样子呢？可以相信，在1962年的春天，茶叶产量将会成倍地增加。党和人民公社也在多方面支持着黄仁盛老汉的理想，把荒山建成真正幸福的人间乐园。现在，公社将制茶用的电动机、揉茶机搬上山。不久，这寂静的茶山，便要建起一座机器制茶厂，响起音乐般的马达、机器声音……

什么是人生的幸福？黄仁盛老汉不畏艰险，不怕困难，满怀革命壮志，用自己的双手创造、建设，用自己的汗水辛勤栽培社会主义果实，把荒山建成社会主义的乐园，为集体、为后代造福，这不就是最大的幸福吗？

革命的乐天派*

朱丹红

本月28日报纸发表的《楮林山上不老松》的通讯，我前后看了四遍，如果谁问我：黄仁盛老汉最值得学习的是什么？那么，我想用这几个字来回答：

革命乐观主义。

黄仁盛老汉是革命的“乐天派”。

一

什么是黄仁盛老汉的革命乐观主义，他的革命乐观主义表现在哪里呢？据我看，主要表现在以下几方面：

* 本文原载《福建日报》1961年11月30日。

1961 年 11 月 30 日《福建日报》相关版面

第一是不怕困难。几年前，当黄仁盛老汉只身上山的时候，在他面前横着许许多多的困难。首先是生产上的困难，一个人、一把锄头，要管理好六十多亩茶山，怎么能没有困难呢？其次是生活上的困难，没有房子住，没有菜吃，自己干活自己做饭，晚上，蚊咬，兽侵，雨淋，风吹，睡不好觉。但是，这许许多多的困难都没有把他吓住，相反地，却让他一个一个给克服了。

第二是精神高尚。不管什么困难，都改变不了他那意气风发的精神状态。无论在吃盐水下冷饭的时候，还是夜里站在大树底下挨淋的时候，还是修建炭窑遭受七八次失败的时候，还是新春佳节一个人坚持在山上劳动的时候，在他饱经风霜的脸上，看不到半点愁眉苦脸的神情，他始终那样欢快，始终充满着劳动和斗争的乐趣。

第三是富有理想。不管什么困难，都不能动摇他前进的决心。在开荒初期极困难的情况下，他想的不是如何后退，也不是如何维持现状，他想的是更美好的明天。在开荒的时候，他就想如何使茶叶早收益、多增产；在管理茶园的时候，他就想如何办茶厂提高茶叶的质量；当茶厂办起来以后，他又在想搞电动机、揉茶机，实现茶叶加工的机械化，把荒山建设得更美好。请看吧！黄仁盛老汉就是这样一直走在生活的前边。

正是这样的一些特点，构成了黄仁盛老汉的革命乐观主义精神。

正是这样的一种精神，使他经受了各种困难的考验，取得了开发山区的一个又一个的胜利。

二

革命乐观主义，是我们党和人民的伟大的性格。这种性格，在近几十年中得到了最充分的表现和锻炼，中国革命的历史就是一部艰苦奋斗的历史，就是革命乐观主义大传播、大发展的历史。当我们回顾这段历史的时候，就不能不想到红军的长征，那时候的困难有多么大啊！爬雪山，过草地，吃野菜，有时连野菜也弄不到，就得饿着肚子行军、爬山。路有多长呢？两万五千里，而且还有敌人几十万大军阻拦，头顶上时不时有几十架飞机跟着轰炸，但是我们的红军战士却并没有在困难面前倒下来，他们昂着头，挺着胸，从困难中闯出来了，他们胜利了。抗日战争时期，在陕北革命根据地，战士们也曾遇到重大困难。那时，几乎是没有菜，没有油，没有纸，冬天没有被盖，没有鞋穿，生活困苦之至，就在这样的情形下，抗日根据地的军民却依然那样乐观，从纪录影片《延安生活散记》中，我们看到了那年轻的穿着粗布军装的人们在学习，在唱歌，在舞蹈，在打球，在游戏，朝气勃勃，信心十足。在抗美援朝时期，我们的志愿军战士，在零下几十度的严寒天气里，趴在战壕里，过着一把雪一把炒面的生活，但是在这里我们也听不到唉声叹气，听到的是战士们幽默的说笑、爽朗的歌声和对敌人的嘲弄。朋友们，你们还记得吧！我们那忠诚而勇敢的战士，在用刺刀、手雷杀死大量敌人而自己也倒在血泊里的时候，仍然含着笑容。这些，就是历史；这些，就是一曲又一曲的革命乐观主义的凯歌。今天，在连续三年遭受严重的自然灾害以后，广大干部和群众在党的领导和鼓舞下，正在进一步发扬艰苦奋斗精神，同各种困难作坚决的斗争。在农村，在城市，在前线，在商店，在学校，革命乐观主义的凯歌又在到处飞扬。

三

我们党和人民为什么能够在任何情况下，都保持和发扬着革命乐观主义精神，革命乐观主义精神是从哪里来的呢?

革命的乐观主义来自革命的坚定性，来自对革命前途的充沛信心。一百多年前，当整个世界还处在资本主义、封建主义统治下的时候，马克思和恩格斯就断言：共产主义一定会在全世界取得胜利。三十多年前，当中国还是一片黑暗的时候，毛主席就宣告："星星之火，可以燎原"，就预示了中国人民革命胜利的光明前途。许多革命志士在革命遭受失败的时候，也毫不动摇自己的信念，许多革命烈士在被敌人杀害的时候，还高呼："中国共产党万岁！""中国人民解放万岁！"这是为什么？就是因为他们坚信革命一定会胜利。这种相信不是盲目的相信，不是基督教堂里的祈祷，而完全是建立在客观真理的基础上，建立在马克思列宁主义的基础上的。帝国主义反动派及整个资本主义制度一定会灭亡，无产阶级革命事业一定会在全世界取得胜利，这是社会发展的客观规律，这是不以少数反动派的意志为转移的客观规律。许多反动派都曾试图改变这个规律，在中国有一个蒋介石，1945年日本投降后，他气势汹汹地发动了全国规模的内战，千方百计地想把中国引向黑暗的、反动的大地主大资产阶级专政，而结果却遭到了彻底失败。在德国有一个希特勒，他曾想以他几百万的法西斯军队消灭第一个社会主义国家苏联，奴役世界人民，而结果是希特勒自己死无葬身之地。可见一切的反动派都逃脱不了灭亡的命运。光辉灿烂的新世界是属于人民的。当然，在革命和建设的过程中，不可能没有困难，不可能没有曲折，但是困难和曲折终究是要被战胜的。几十年前在革命力量还很薄弱的时候，我们党和人民都能满怀信心地战胜困难，今天还有什么困难、什么力量，能动摇我们的信心、阻挡我们的前进呢？

四

要有革命的乐观主义，就要有高度的革命觉悟。

我们的许多人所以成为革命乐观主义者，就是因为他们觉悟高，具有共产主义精神，具有毫无自私自利之心的精神。

为什么有了这种觉悟、这种精神才能有革命乐观主义呢？

这是因为：有了这种觉悟，才能一切从集体利益出发，而从集体利益出发，就会把艰苦奋斗看作乐事，因为忘我劳动、艰苦奋斗的结果，必然要换来集体事业的胜利，自己也就将因而受到鼓舞，感到快乐。

这是因为：有了这种觉悟，才能有远大的眼光，宽阔的胸怀，站得高，看得远，才能排除那些个人主义的病菌的干扰和侵蚀，摆脱低级趣味，而始终保持饱满的政治热情。

这是因为：有了这种觉悟，才能充分发挥自己的聪明才智，为集体创造幸福，为集体创造荣誉，而为集体创造了幸福和荣誉，自己也就会得到幸福和荣誉。这种幸福，这种荣誉，才是真正值得珍贵和高兴的。

黄仁盛老汉已经是六十多岁的人了，为什么还是那样艰苦奋斗，还能保持如此充沛的革命乐观主义精神呢？我想就是因为他懂得上面这些道理。请听听这些对话：

问："仁盛，你都快六十了，不说种桐种杉，就是栽茶，收成也得几年，你这是何苦？"

答："前人种树，后人乘凉，有何不好？"

问："仁盛，我真不晓得你打的什么算盘，你想当官，年纪太大又缺文化，图发财，你又没子没孙，何必这样活受苦？"

答："你说，过去许多革命战士和敌人打仗，流了血，拼了命，他们图的是什么？打的是什么算盘？"

这是最平凡的人最高尚的答话。

那么，什么人不会有革命乐观主义精神呢？那就是觉悟不高的人，也就是个人主义比较严重的人，自私自利的人。因为他们一切从个人得失出发，就不能勇于承担艰苦的劳动，就不能甘心情愿忍受艰苦生活，因此也就不能从集体事业的胜利中得到鼓舞，得到快乐，得到荣誉，相反地，由于他们目光短浅，胸怀狭窄，计较个人小利，又必然要钻牛角尖，走死胡同。当个人利益得不到满足的时候，就要怨天尤人，唉声叹气。这样，当然也就不可能有什么乐观主义了。真正的革命乐观主义，只有在不断地提高觉悟之中，才能树立起来。

五

也许有人以为只要我个人能够快快乐乐、无忧无虑，就是革命乐观主义了；也许有的人以为只要能相信党、相信群众、相信困难一定可以渡过，就是革命乐观主义了，至于要不要自己动手克服困难，那是无关紧要的。我们说，这些都不是什么乐观主义；如果要说它是乐观主义，也是庸俗的乐观主义，并不是真正的革命乐观主义。革命乐观主义，顾名思义，就是要革命，就是要艰苦奋斗，就是要用自己的双手积极克服困难，争取胜利。请想想看，如果不艰苦奋斗、克服困难，如果没有集体事业的胜利，那还有什么真正的乐观呢？当然悲观失望也是没有根据的。悲观失望和盲目乐观，表现形式不同，而其实质是一样的，都是不愿和不敢迎接困难，克服困难。真正的革命乐观主义者其所以不同于悲观失望者，又不同于盲目乐观者，就在于他们既能从战略上藐视困难，又能从战术上重视困难，就在于他们能够用自己的双手克服困难。全党全民发愤图强，艰苦奋斗，取得社会主义建设的更大胜利，这种胜利才是革命乐观主义的无穷的源泉。

六

革命的乐观主义在任何时候都需要，而在今天遇到暂时困难的时候尤其需要。为什么？因为要战胜困难，就要有信心，有勇气。刘伯承将军有一句话说得好：“两军相逢勇者胜”。打仗如此，生产建设也是如此。

十二年来，我们在社会主义建设中取得了一个又一个的辉煌胜利，这些胜利没有一个不是经过英勇顽强的斗争而取得的。今天，我们虽然遇到了连续三年的自然灾害，虽然遇到了一些新的困难，但是只要我们进一步发扬革命乐观主义精神，提高斗志，增强信心，顽强作战，勇猛前进，那么，我们就没有克服不了的困难。胜利是我们的，光辉灿烂的明天也一定是我们的。

感悟1：

表扬别人　锻炼自己*

王文铿

报道先进人物，历来是新闻工作者的重要社会责任。我在新闻战线上奋斗四十年中，采写先进人物的报道不在少数，每一次进行这样的活动，既是为了褒扬先进人物的高尚品德和崇高精神，又是自己一次很好的学习和锻炼机会。采写《楮林山上不老松》过程，使我更加深刻地认识到这一点。

四十年前，我与黄金山、朱云旺合作共同采写的《楮林山上不老松》这篇通讯，由编辑部配上题为《革命的乐天派》的评论文章，在《福建日报》一版发表后，被《人民日报》全文转载，接着又有二十多家省报转载，福建人民出版社也以《革命乐天派》为

* 本文原载《往事如歌——新闻启示录》2015 年 3 月。

人民日报

堵林山上不老松

——记共产党员黄仁盛带领群众艰苦奋斗建设茶山的事迹

社员会上提倡议，决心征服堵林山

只身离家住山寨，老夫老妻心一条

风吹雨打都不怕，千辛万苦为大家

开荒种茶初告捷，社员结队上山来

和尚寺里去"取经"，茶叶丰收又高产

自己动手筑庭寮，山上办起制茶厂

花甲之年逢双喜，光荣入党人人夸

革命风格处处传，青年向往新山区

学习黄仁盛的革命风格

共青团福建省委和福建日报编辑部联合召开青年座谈会

革命的乐观主义

开展班组劳动竞赛　推行正规循环作业

萍乡煤矿产量显著增长

阳泉煤矿原煤质量逐季提高

湖北进入捕鱼旺季

内蒙古展开冰上捕鱼活动

河北人工繁殖草鱼鲢鱼成功

1961 年 12 月 7 日《人民日报》第四版转载《福建日报》的通讯和评论

书名，为这组报道出了一个集子，在全国产生了很大影响。

不过，这一报道的见报，也经历了一波三折的过程。稿件送到编辑部后，农业处的一位副处长把稿件浏览一遍，即对我说：黄仁盛的事迹确实是很感人，但是你的这篇通讯没有写好。黄仁盛六十岁入党，是他一生中最光荣的一件事，你对这点在稿件中没有加以重笔描述，只是用几句话，轻描淡写一笔带过，使人看后觉得不过瘾，很可惜。你把稿子拿回去，把这一情节补充改写一下，特别是他入党宣誓的情节，要写得越具体越好。

我当时对这位处长说：黄仁盛入党宣誓这段情况，我采写了几个人，大家说法不一致，有的说有举行宣誓，有的说没有。黄仁盛本人说：我有参加第一次党员会议，搞得很认真，不知道能不能算是宣誓。我无法确认所以把它回避了，只写他出席第一次党员会议的情况。

但这位处长说：既然有人说有举行宣誓，那就是有，你可以把它写上，不然使人感到这位先进人物不完满。听了这位同志的意见，我补上了举行入党宣誓这一情节。当我把稿件迅速改好交给这位处长时，他又去忙别的事，把稿件放置在桌上铁笼子里，好几天没有处理。还好副总编辑王仲莘同志过问此事，我才从这位处长桌上的稿件堆中，把它找出来。

通讯见报后不久，上海某报社即派出一位记者来闽调查核实情况。他听到有人说黄仁盛入党没有宣誓，就大感兴趣，表示一定要把这个问题调查清楚。另外有人反映黄仁盛家中有个抱养的女孩子时，这名记者认为，通讯中说黄仁盛“没子没孙”，这又是报道失实的表现。他立即写信向福建日报社领导反映了这一情况，还准备把这一问题反映到上海方面去。

时任福建日报社南平记者站站长张新陆同志与他同行，也给福建日报社领导写了信。他以客观的立场，对上述问题的出现原因作了分析，才把这场风波平息了下来。

这件事虽然过去了很久，但在我脑海里还一直无法忘怀。我认为它的教训是很深刻的。

一是如何采写先进人物报道？这个问题很值得我们学习和探讨。有人认为，报道的对象既然是先进的，而他的所有语言、行动，必然也是先进的，不然就无法体现他的先进性。这种认识必然会产生“高、大、全”的思想，要求先进人物完美无缺。黄仁盛入党宣誓从“无”变“有”，就是在这种思想指导下产生的。这对我来说，是一个终生难忘的教训。如果我坚持己见，只写黄仁盛出席第一次党员会议时刮胡子、穿新衣等情节，已足够证明他的高兴心情，何必再加上未经过完全落实的“宣誓”这一情节？这样反而给先进人物带来虚假的感觉。

这不是“画虎不成反类犬”吗？

二是采写先进人物，一定要坚持人物思想的先进性，排除传统思想束缚的干扰。黄仁盛有个养女，他从来是把养女看作是自己“亲生骨肉”。但村里人受传统思想的影响，都把女孩看作是“别人的媳妇”“赔钱货”，因此都说黄仁盛是没子没孙。记者当时只听别人的说法，就匆忙动笔写稿件，结果在报道中没有体现黄仁盛本人的意见，把“没子没孙”的说法强加到他身上，造成了不好的影响。如果当时在报道中，我能对这个养女适当作个交代，把黄仁盛的先进思想与传统思想的不同展现出来，这样对于宣传黄仁盛的高尚品格和先进思想，难道不会取得更好的效果吗？我从这一教训的反省中，深深地感到记者要宣传先进人物的先进思想，自己首先也要有先进的思想，否则很容易受到传统世俗的影响干扰，而出现偏差。

三是只有深入采访，才能写出令人满意的好报道。不少先进人物的特点是默默无闻地埋头工作，不善于言谈，特别是对表扬自己的事，不少先进人物都会用高标准要求自己，避而不谈或少谈自己的成就。有的人甚至只谈自己的缺点，不谈自己先进的方面。因此，记者采写先进人物报道时，只找先进人物本人谈，显然是不够的。为了掌握到更加充分的材料，记者必须在动笔前，做好细致深入采写的思想准备。成功采访黄仁盛就有这样一个过程。黄仁盛老汉就是一位不善言谈的人。记者要他谈自己如何克服困难带头上山，开荒种茶时，他开头总是说没有什么好说的。他认为自己干的都是务农人该干的事，他说他只是带个头上山，论困难一点也没有，比起解放军在前线，真刀真枪打敌人，还差十万八千里，这怎么能说是“困难”呢！黄仁盛就是这样从严要求自己，对自己做过的好事很少提及。我在采写《楮林山上不老松》这篇通讯时，曾两次上山观察他和耕山队员们的劳动和生活状况，在山上还召集大家开了座谈会，并与黄仁盛约定下山，与他面谈了一个晚上，最终许多生动细节还是依靠他的老伴和党支部书记以及耕山队员们提供的。完成这一稿件前后花了四天时间。有人说，写这篇报道，是记者、驻队工作组和党支部书记全部出动共同努力的结果。这一说法一点也不假。

和黄仁盛相处的日子*

王文铿

一

东方才吐白，大队长苏福生就催促我："老王，早点上山，才好找到黄仁盛老汉。"

于是我们匆匆地吃了一碗冷饭，就冒着灰蒙蒙的晨雾出村，向西，挡着一座高山，我们沿着一条弯曲窄小的黄泥山路攀登。从密密麻麻的荆棘中挤上去，露珠沾湿了裤子和鞋子。越往上爬，脚步越沉重，额头上挤着豆粒般的汗珠，嘴巴张得像个圆洞，不断呼呼地喘气。大队长看我这副模样，大约是为我打气吧："仁盛老伯走这山岭，却像姑娘走娘家，起早摸黑上山下岭，不知在这条山路上掉过多少脚毛呢！"

* 本文原载《福建日报》1961 年 12 月 31 日。

轻纱般的晨雾已经消逝。楮林山，像一座矗立的宝塔出现眼前，尖尖的山巅直刺蓝天，白云在那里飘浮徘徊。那从山麓一直重迭到山顶的层层梯园，那整整齐齐的像兰花般的茶树，在阳光底下闪着银光。白瓣黄心的茶花，像三五成群的蝴蝶，点缀在茶树丛中。楮林山像一幅美丽的织锦。

“看，那边山顶。”大队长忽然喊起来，“仁盛伯一定在那里！”顺着他的手指的方向望去，只见那山腰一行连一行的茶树丛中，隐现着一群挥动银锄的人影。

茶丛中忽然钻出一位老汉：“大队长，你们找仁盛？他刚才在山顶呢！”

大队长仰头往山顶看去，差点掉下头上的斗笠，又回来对我一笑：“我们上去！”我紧跟在他后面，再使劲地攀登上山。到了山顶，大队长东瞧瞧，西望望，不见仁盛老汉影子。他长长地吁口气：“唉！找仁盛伯一次都要吃两剂补药！”于是他是高嗓子呼喊：“盛——伯，盛——伯——”

山里响起阵阵回音，但还听不到仁盛老汉的回答。他只好带着歉意似的对我说：“走，可能他又下山了。我们到耕山队住的地方去找。”

耕山队住的地方是一座破庙。踏进庙门，迎面走来一个体格魁梧的老人，头戴斗笠，古铜色脸上雕满蜘蛛网般的皱纹。他含笑迎了出来。大队长先招呼起来："盛伯呀！你好像没鼻牛，没尾跳蚤，一早就东奔西跑……"

"昨天你不是通知说有客来，现在不是在家等了？"

"那你一清早为什么又跑上山？"

"嘿！不趁早上山干些事，今天又要白白溜过一天……"

他爽朗地笑着。赶忙向我伸过手来，那长满茧的手把我紧紧握住。

二

我喜欢仁盛老人爽朗的性格，我们一见如故，毫无拘束地谈着。我很快把话题转到采访正事上来了。

"盛伯。"我学着大队长对他的称呼，"请讲一讲，你当年一个人来这里开荒种茶的情况吧！"

"哦，说这。"他顿了一下，才轻声细语地说，

“同志，楮林山能够开成如今这样茶山，是靠党的领导，靠集体力量，单说我一个人有什么好说？”

“盛伯，你讲一讲当年上山开荒遇过什么困难？这些困难怎样克服？”不料，我这句话反而把仁盛老人的口堵住了。他说：“一双手一把锄，就可以开荒，开荒不是上刀山，过火海，能有什么困难？”

这是多么朴素的英雄气概啊！可是，我们的谈话却这样中断了。后来，我只好把听来的黄仁盛上楮林山的事情一一说出来，说一段，问一下：“是这样的吗？”

不料老汉却很认真。对每项事都经过一番沉思回忆，才作出回答。有时还指出一些与事实出入的地方。当我把这些事情记上本子的时候，黄仁盛又嘱咐我说：“同志，我个人做了一些小事，没有什么可值得人家学习。如果要登报，请你多多写上我们耕山队大家的干劲吧。”我完全被他这种“不赞己”的精神感动了。我的心在激动，恨不得把他的言语神态全部记录下来。我心里情不自禁地默默赞叹：仁盛呀仁盛！你口口声声说自己没有什么值得别人学习；而你这种见困难就上，见荣誉就让的磊落胸怀，不正是值得我们学习的可贵品质吗？

三

我和仁盛老人谈得正酣。耕山队员们陆续收工回来。吃午饭的时间到了。走进膳厅，见到一张方桌和一张圆桌上都已摆满热气腾腾、香气扑鼻的饭菜，仁盛老人把我当作客人款待，给我炖了一大碗白米饭，煮了一大碗香喷喷的槟榔芋。和我同桌吃饭的六七个都是老人，他们和仁盛老汉开起玩笑来了：

“仁盛，你煮一碗槟榔芋就算请客？”

仁盛老人微微笑着说：“粗饭淡菜是传家宝，山里出产的芋头特别香，不论什么贵客都吃得上。”他边说边动筷，把槟榔芋一块一块往我饭碗里塞。我初尝新菜，津津有味。忽然一眼看到仁盛老伯自己尽吃辣椒干。

“仁盛伯，你自己不吃槟榔芋？”

“槟榔芋在我们山里是家常便饭哩！”

“那你和我一起吃罢！”

“好，好。我倒爱吃辣的。”他虽然连连点头，但看我吃得小口，吞得慢些，便说：“同志，槟榔芋煮得不合你的口味吧？”他没有等我答话，就站起来到厨房去拿东西。和我同桌吃饭的老农黄文金，向我说起仁盛老人用槟榔芋请客的故事。原来，耕山队的老人们都利用工余时间，在山上开些荒地种菜，仁盛老人自己也种上三十多株槟榔芋，本来打算留到春天茶季吃。可是，经常有客人上山来参观访问，仁盛老人便把自己的槟榔芋拿来待客。我这次上山，他的槟榔芋只剩下最后两株了。许多人劝他：“仁盛，你那两株槟榔芋留下做种吧！请客人，到茶山上采些菜。”他说：“茶山上的菜是大队集体的，动不得。”好几个老汉说：“那到我的园里挖芋头来请客。”他又说：“挖你们的和挖我的还不是一样？”结果把自己最后两株的槟榔芋挖来款待我了……刹时，一块块槟榔芋好像变成十分名贵的东西，衔在嘴里吞不下了。这时，仁盛老人却一手拿着酱油瓶，一手端着一大碗清汤走来，连声说：“同志，你怕咸，这里有淡汤；嫌淡，这里有酱油。”他又转身到宿舍里拿来一碗红糖，笑着说：“你要吃甜，这里有红糖。”我被老人家的诚挚的心深深感动了。

仁盛老汉放下饭碗，就站起来。一会儿洗碗筷，擦桌子，一会儿劈木头、扫地，忙个不停。那天炊事值日是黄仁贤，他收拾好碗筷，也休息去了。只有仁盛老人还一声不响地忙着。

我忽然想起仁盛老人初上楮林山时说的话："过去许多革命战士和敌人打仗，流了血，拼了命，他们图的是什么？打的是什么算盘？"

黄仁盛，你这位不老松啊！你在日常生活中也都显见这种无私的胸襟，你心中从来没有为个人打过小算盘。

四

和仁盛老人作了好几次谈话，但茶山上的事情常常分去他的心。这老人，简直是全神贯注在茶山上了。他带我上山观看现景介绍情况时，又被茶树吸引住了。时常见他弯下身子，两只敏锐的眼睛搜索着，见有一只小虫，便动手抓，见有一根草丝，便动手拔。这哪有心思谈话呢？在耕山队办公室里谈话，也是人在办公室，心在茶山上。一会伸头窗外，看看天色，一会侧耳听听茶山上动静。所以我最后只好要求他下山到大队部去，再作一次有系统的谈话。

“好，你先走一步，我今晚下山。”我想：晚上冷，天黑，黄泥山路不好走，山上到山下还有十多里。不由劝阻他：“你不用急，明天白天下山吧！”他却回答：“嘿，我就是想晚上下去，你可以提早一天做好这里的工作，我明天也可以照样干活。”

那天晚上，刺骨的寒风呼啸着。我在大队部门口踱来踱去，等候着仁盛老汉。可是，一直等到伸手看不见五指，还不见他下山来。大队长说：“今晚是大霜夜，犬虎不出门。我看仁盛老汉也可能不下山了。”“同志，叫你等急了！”忽然，背后传来了那熟悉的爽朗的声音。我转身一看，正是仁盛老汉。我对他说：“今晚这样冷，你还下山来，真是不顾身体。”他说：“嘿，冷是冷懒人，你怕冷，不敢动，你就越冷，你看我的。”在油灯下，看他的额头还挂着亮晶晶的汗珠。我不禁说道：“盛伯，你又和老天打了一回胜仗啦！”

这次，他真的聚精会神地和我谈话了。又耐心地给我解答了一切问题。谈话结束，壁上时钟刚好敲了十二下，他站起身来，就燃起火把准备上山了。我们强留不住，只好送他出门。我站在门口，看着他的背影，一直看到火把消失在深山林丛中，才长长吐了一口气，心里默默地赞叹：盛伯，人家称你楮林山上的“不老松”，这是恰如其分的称呼啊！楮林山上的“不老松”，我衷心祝愿你健旺长青！

楮林山上又一年*

——重访“不老松”黄仁盛和他的耕山队

王文铿

“不老松”再显身手

一个仲夏的早晨，天高云淡，楮林山尖巅直刺蓝天，显得分外巍峨。我在山腰找到了黄仁盛老人。他一见面就笑眯眯地说：“同志，快来看我们的二春茶。”他拉住我走进一个破神殿，这里现在成了“茶叶世界”。佛殿左右两旁垒了一层又一层的茶叶包，楼上的几个房间装满了白布袋包的茶叶。佛殿下中间的空地成为晾茶场，到处铺着热气腾腾的茶叶。黄仁盛打发我在一边休息，他自己忙着拣茶、揉茶。我看

* 本文原载《福建日报》1962 年 8 月 8 日。

他这样忙碌，不好打扰他，只好悄悄地退了出来。走到门口，碰上了耕山队会计黄文金。他一见我便说："记者，你来得正好，我们的队长，你给他再登报表扬一下吧！"他没等我答话，就带我看了贴在墙上的劳动工分表。原来，今年耕山队员们很多人每月都出了满勤，而黄仁盛老人是其中最出色的一个。上半年，他有四个月劳动都大大超过定额，所得的工分占全队第一。黄文金说："仁盛不仅出勤多劳动好，最近制夏茶还应该记上一大功哩！"接着，他对我讲述了黄仁盛制夏茶的事：

今年楮林山上的夏茶正值旺采期间，遇上连绵阴雨。许多茶叶因为来不及采变成粗叶，制出来成了"五级茶"。黄仁盛看了很难过。他说："宁可自己多吃些苦，一定要把好茶叶卖给国家。"他带头每天利用中午、晚上的休息时间，把粗茶一叶一叶地拣出来，用蒸笼蒸，耐心地揉了一遍又一遍，最后把粗茶揉成了细茶。

黄文金说："同志，你刚才在制茶间里看的茶叶本来全是粗茶，一共一千二百斤。前天，专署茶叶技术干部上山来鉴定了一下，说全部合乎国家的要求。我们楮林山今年夏茶产得多，质量又好，总产值可以比去年增加80%，大家都表扬黄仁盛领导得好。”

“荒蛇坡”换了容颜

黄文金谈到兴头上，主动提出要带我去看茶山。这时，红赤赤的太阳已从东方山头爬上半天。楮林山披上一层金色，翠绿的茶树送来阵阵芳香，我贪婪地饱赏这楮林山的新姿。走着走着，不觉来到了一片油桐林中。一年前，我来到这里时，油桐树长得稀稀落落的，不过一人多高；如今绿荫成林，油茶果累累挂满枝头。我顺手牵来几枝数了数，每枝都在二十粒以上，不禁连声赞好。黄文金却说：“我们这里的新变化还多哩，你到前面的‘荒蛇坡’去看看吧！”

我跟黄文金来到“荒蛇坡”，被这里的另一番景色迷住了。一年前，这里三十多亩地上荆棘丛生，时常可见绿色扁头的毒蛇，有时盘旋树上，有时团躺草地。那时，黄仁盛曾对我说，这个山坡因为蛇多，人们随便叫它“荒蛇坡”，谁都不敢轻易走进来，他们开发楮林山开了许多山头，也把这个山头留了下来。可是，眼前这里荆棘不见了，毒蛇不见了，却变成一片美丽的梯园。黄文金对我说：去年秋后，耕山队讨论继续开发楮林山的计划，许多人说，“荒蛇坡”不开发出来，土地浪费了一大片，毒蛇窝藏在里面还经常出来害人畜。大家讨论了一番，认为冬天毒蛇入洞冬眠，容易扑灭。于是，在12月中的大寒天，大伙就上山劈草，见蛇就打。过了阴历年，耕山队员们提早上山，突击炼山，一举消灭了许多冬眠的毒蛇，就这样开成了层层梯园，分片种上烟叶、油茶、油桐、茶树、玉米、毛竹等。现在“荒蛇坡”成为楮林山中的“百宝园”了。

新茶厂盖起来了

今年楮林山脚新建了一座机械制茶厂。一部柴油机带动三组机器，茶季制茶，平时碾米、磨粉。我跨进厂房，一眼便见复员军人黄礼聪，这是一个爱楮林山出名的人物。前年他从部队复员回到家，便背上行李上山，拜黄仁盛为师学习种茶。如今他又成了机器制茶工人了。他带我参观机器时，能够熟练地一台一台讲给我听。他说，过去人工制茶，一担干茶要十一个人忙一天一夜，如今只要三个人看机器，一担干茶花半个小时就可以制成，并且质量比人工制的好。他最后仿佛记起了什么，说："同志，去年我们在楮林山上见面，今年见面我却在这里开机器，真是连做梦也没想到哩！"

祝福楮林山的主人

茶山变了，茶厂变了，耕山队员们的生活也变化着。一年前，我来到这里，看到耕山队员们住在一个破庙里，四面通风，睡的是通铺，头上漏雨，脚下长苔藓。如今破庙已修刷一新，新木板隔起了一间间的房子，每人都有自己的寝室。耕山队员劳动回来，吃了饭，有的拉琴，有的唱曲，有的聊天讲故事，许多人还在寝室周围种上几株名花，利用水沟养上几条鱼……楮林山今天像美丽的少女一样吸引了人们。

在山上，我一一探听了一直想念着的老耕山队员的消息，除了一个因病已下山外，其余个个都很健旺，都像过去那样朝气蓬勃。更使我激动的是，据说这一年来经常有成批的人向公社申请要求上楮林山，

黄仁盛（右二）与耕山队员在一起

黄仁盛也经常接到要求上山的来信。公社批准了黄嗣志、尤泽林、谢正寿等六个青年先上山。黄仁盛提到这些楮林山的“新主人”，连声称赞“好！好！”黄仁盛老人随口给我讲了青年谢正寿制茶的故事：今年楮林山春茶采摘大忙时，新茶厂的机器还没有安装好，谢正寿自告奋勇当上“炒茶手”。别人炒一锅茶要两人轮流，他单独负责一个锅。茶炒得多，手掌烫了一块又一块，他用布条一捆，又继续炒茶，一连坚持了七个晚上。听了黄仁盛的介绍，深感真是不虚此行。我不仅看到了楮林山上欣欣向荣的生产面貌，而且看到了黄仁盛那艰苦奋斗的顽强精神，正在越来越多的人的心上开花结果。楮林山的主人们，我衷心向你们祝福，祝你们继续阔步前进！

生活在新社会越老越有劲*

——参加华东农业先进集体代表会议的感想

黄仁盛

我今年六十五岁，第一次坐火车出省，到上海这样的大城市，参加华东农业先进集体代表会议，高兴得几个晚上睡不着。有些同志对我说，你年纪这么大，还不怕苦，积极劳动，你真是“不老松”。我想，我这“不老松”也是党栽培起来的，没有党，没有集体，哪里还能有我这个“不老松”？知道我的身世的人就知道我说这句话的道理。

我是一个穷人的后代，祖宗没有留下田地，我父亲自幼便耕山，早年死了。我十七岁那年，就拿起父亲使用过的锄头，开始过耕山生活。我想求人不如

* 本文原载《福建日报》1963 年 2 月 23 日。

求己，到处是荒山，只要自己用力干，何怕生活过不好。可是没想到单身徒手吃开山种茶这口饭多么不容易啊！当年，我一个人吃在山上，住在山上，太阳下开山，月亮下也开山，顾了开山，顾不了吃饭。有时砍柴下山换米，换不到米只好饿着肚子再上山。一个人饿肚子干活，顾了开山，误了种茶，种了茶，也没有办法管理得周到，茶树头吃土尾吸露，产量低，收入不够买粮糊口，一年到头又是挨饿。有一年到了腊月二十七日，有钱人忙着办年货，我的手上没有半片钱，过年的口粮不知道在哪里，只好再上山砍柴换口粮，心急如焚，不小心一个手指被大树压断了。如今看到这根残废的手指，我还会流泪，我永远不会忘记过去日子的痛苦。解放前，我就是这样苦斗了半辈子，前后开过茶山三十多亩，可是多是前面开后面荒，到了解放前几年，茶山都成了野兽窝。那时，我想谁能开山种茶，除非日出西山，愚公再世。可是解放后不久，我的这个看法又很快改变了。1953年组织互助组后，我曾经倡议集体开山种茶，1955年办社时，我又提出了这个倡议。我的倡议得到党的支持，这一年我带头上山，后面跟来了二十多个青年，没过几天开出三十多亩，等于我过去半世的成就。第二年我一个人住在山上管理茶山，可是社里经常给我送粮送菜上山，我依靠集体要什么有什么，不像当年单干那样愁吃愁穿，这样我们勇气大了，信心足了，安心在山上把茶山管理好。公社化后，耕山队规模扩大了，开山的面积也一年比一年大起来，没过几年茶山扩大到三百二十多亩，茶树多，采茶需要大批劳力，大队又组织妇女上山帮忙，后来大队又用一笔公共积累金，买来机器建成机械化茶厂，实现了机器制茶。没有集体力量作靠山，我们的开山种茶的理想能够实现吗？

我过去住在山沟里，不知天高地厚，这次去上海一路上看到国家到处建设大工厂，我在吴泾化肥厂就看到大机器“吐”出一包一包白雪雪的化肥，装上汽车运往各地支援农业。这几年我在茶山上就用过这样的化肥。过去化肥都是外国货，我们叫它“洋料”“洋肥”，现在我们国家自己会制造，我看这个工厂几分钟就产这么多，我越看越爱看，越想心越甜，我暗暗地下定决心，今后一定加倍努力，发展生产，更好地支援国家建设。

千年荒山翻了身　茶桐果杉竞争春*

——在福建省农业先进单位暨先进生产者代表会议上发言

黄仁盛

各位代表：

我叫黄仁盛，今年六十五岁，是建阳县小湖公社大湖大队的一个耕山队队长，社员们选我去出席华东农业先进集体代表会议，听了周总理的报告和柯庆施同志的开幕词，又听了各兄弟单位代表介绍的宝贵经验，受到很大鼓舞。这次又能出席全省农业先进单位暨先进生产者代表会议，感到很光荣。现在，让我在这里汇报一下耕山队的情况。

在1956年，为了开发山区，为了社里增产，我

* 本文原载《福建日报》1963 年 2 月 26 日。

响应党的号召，上了没有人烟、虎狼成群的楮林山，靠着锄头和双手，一锄一锄地开垦荒山。在党的号召和支持下，社里十二个五十岁以上的老农也来参加开荒。经过大家努力，冲破重重困难，七年来共开垦茶山三百多亩，垦复旧茶园三十亩，培育茶苗九万二千株，栽活二千多株杉木、三百多株桐、五亩果树，把一片荒芜贫瘠的山岗，建设成为一个花木繁盛的大茶园，1962年生产一万二千零三十四斤茶叶、一万多斤地瓜，产值一万三千六百三十六元，每人平均生产一千多元。

开发山区献良策　决心建设万宝山

1954年，党发出开发山区的号召，我曾经动员社员上山开荒种茶，但那时是互助组，力量小，人心不齐，没有办成。1955年我担任初级社社长以后，我还是常常想，在这样贫困的山区怎样发展生产，才能使大家过好日子呢？我回忆起解放前为生活所逼，十七岁上山住寮（草棚），开荒种粮植茶，过着艰苦的耕山生活，直到解放后才走出深山，参加土改分田分地的情况，又想起当前还有那么多未开垦的荒山，如果能够开垦出来，不就可以增加生产，提高社员的生活吗？而且现在是合作社，力量比过去大了，有党的支持，什么困难克服不了呢？我决定向社员大会再次提出开荒种茶的计划。在一次社员会上，我向社员宣传开垦荒山的好处时说："村后就是楮林山，别看它荒，却能出宝，如果在这儿种茶，三年后就有收成，支援国家出口，又能增加社员收入。茶山套种杂粮地瓜，还能增加粮食产量。再种上油桐、杉木和果树，这是'一年辛苦，万年受益'的事。"这时会上有人问我："仁盛，你快六十岁了，不要说开山种桐种杉，就是种茶，收成也得好几年，你这是何苦呢？"我听了说："前人种树后人乘凉，有何不好呢？"许多人也都说："对！古语说金山银山，不如茶树上山，开山种茶，今后日子才能更好过。"

意志坚强能穿石　众人力量能移山

楮林山山陡岩高，到处乱石荆棘，荒草杂木，比人还高，加上山风凶猛，常有野兽出没，过去很少有人上这座山。我和社员们好不容易爬上山腰，开起荒来，举锄碰石，火星直冒，虎口发麻，有些社员原来心热，但一看到这般景况，就摇头叹气了。有人就说："在这种山上开荒，太困难了！"我听了心想旧社会逼得我只身上山，耕山几十年，多少苦都吃过了，如今开发山区是党的号召，人多力量大，再难又算什么呢？于是我站在石头上向他们说："兄弟们，当初我来这里，只是一双手一把锄头，如今我们在党的领导下，有了长长的开荒队伍，力量比我过去不知大了多少倍，众人抬山山会动，只要大家意同心齐，再大的困难我们也能够克服。"在我的鼓舞和带头影响下，社员们也个个使劲挥锄，经过了一段时期的紧张劳动，终于开出了三十多亩荒山，种上茶树和地瓜。

万事开头难。茶树和地瓜种上以后，因为无人管理，又遇到天旱，头一年茶苗都枯了，地瓜一点也没收。老农高雄成对我说："种茶一两日，管茶要长年，茶山没人管理，种茶也是白费工。"这些话给我很大启发，使我认识到管茶山的任务比开山还艰巨，今后要开山种茶必须过好管理这一关。

只身上山住茅棚　早晚辛勤育茶苗

1956年成立高级社，我担任高级社副社长，这时我又想起管好茶苗的事，但究竟叫谁上山管理呢？我想有的社员怕苦不去，党员干部工作忙，又去不得，这样看来还是自己带头去吧。我向党支部提出上山管茶的要求，支书邵金兴起初担心我年纪大上山不便，但由于我上山的决心大、热情高，得到了党的支持，我立即辞去高级社副社长的职务，第二天挑了行李、锅、锄头上山了。支部为了支持我，发动了四十多个社员上山突击几天，开荒三十多亩，又把去年荒芜的三十多亩茶山重新开出来种上茶苗和地瓜。帮助突击的社员，种完茶树，都下山了，只有我独自留在山上茅棚里管理茶苗。

顶风冒雨为集体　苦中求乐分外甜

我一个人在山上，不管酷暑炎夏或腊月隆冬，都坚持给茶苗除草、松土，同时还要自己煮饭，遇上湿柴，煮一顿饭就要半天，很花时间，后来我想出煮一次饭吃一天的办法，这样就节约了时间，能多干活。有一天党支书邵金兴到山上看我，见我吃的“便菜”是盐水，关心地问：“仁盛，你怎么光吃盐汤？”我说：“解放前我天天吃薯米汤配盐，那日子都熬过来了，如今白米干饭配盐汤，有什么不好？”

我住在山上茅棚里，冬天寒风刺骨，四面通风，冻得不能睡觉，夏天蚊子成群飞来。下雨天，草棚漏雨，还得穿棕衣睡觉。一天半夜，来了狂风暴雨，草棚顶被风雨掀走，我只得穿好棕衣站到大树下躲雨过夜，这时我也曾想过：“住在家里多好啊！”但又想起了当年红军长征爬雪山、过草地的故事，便责问自己：“受这一点苦又算什么？”这样，心就坚定下来，站在树下，直到天明。第二天雨停了，我又动手修草棚、晒衣物。受支部委托送饭菜上山给我的社员黄仁贤，看我一身如“落汤鸡”一样，还在修棚，就问我：“仁盛，我真不晓得你打的什么算盘，你想当官，年纪太大又缺文化；图发财，你又没子没孙，何必这样受苦？”我听了十分生气，反问道：“你说过去许多革命战士和敌人打仗拼命，他们为的是什么，打的又是什么算盘？”黄仁贤听了面红耳赤，不说什么，连忙动手帮我修草棚。

楮林山上初告捷　人心欢乐干劲增

在我和其他老农的辛勤劳动下，六十多亩茶山管好了，茶苗都成活了，地瓜还收了一万多斤，我的信心更足了，社员们也个个欢喜，主动上山帮我突击劈草开荒，又开了四十多亩，种上茶苗。这时曾挖苦过我的社员黄仁贤，诚恳地对我说：“你的路走对了，我今后一定跟你走。”接着老汉黄文金等十二人也自己上山要求成立耕山队，我就被大家选为队长。

我带领耕山队队员种植管理茶树，并种植杂粮等作物，我又想起了一个问题，楮林山土地贫瘠，过去种茶，一般要四年才打顶，五年小采，这状况能不能改变呢？有人说孙行者跳不出如来佛的掌心，这是老规矩，改不了。但我想水稻、小麦等都能提高产量，怎么茶叶不能呢？一天，我偶然看到楮林山上的和尚寺中长着两株又高又大的茶树，茎粗、节缩、芽多，一株一年至少产茶三四斤，我想和尚再巧也是人，他能种得这样好的茶，我们为什么不能种呢？我就叫社员一起到寺内研究观察，大家认为和尚寺茶种得好，主要是土松、肥足、管理好。而我们的茶山上到处是石头、树根，地像铁板一样硬，要提高茶叶产量，就得动手挖掉这些东西，做好松土。和尚把茶树当花来管，茶树上不见一只虫，茶园里不见一根草，我们也可以这样干。向和尚学习栽茶和管理经验，说干就干，锄头、斧头齐出动，见杂草就锄，有树根就挖，有石头就移，一个多月的时间就把茶山的树根、乱石清除了。茶园土松了，茶苗长得快，1956年栽的茶树到1958年首春便剪尾，二春三春就已经开始小采，这样，就把“四年剪尾，五年小采”的老规矩改变了。

百折不挠筑炭窑　力争多制高级茶

我们耕山队的茶叶产量虽然提高了，但品质还不高，收入仍然不能增加，分析原因，主要是：茶山松土追肥后，茶叶长得快，叶子厚，苦水多；揉茶没多用功，苦水去不尽；茶山远，制茶不及时。这样就要在茶山上建茶厂，就地采茶，就地制造。建厂的有利条件是：山上石头多，砌茶灶不用砖，枯木可烧炭，焙茶有燃料。主意决定后，连夜踏月光搬石头，运黄土，我负责最难搞的砌炭窑，前后失败了七八次，终于把炭窑砌成了，又给来春的制茶备足了燃料。结果，这年制出的茶大多是一级的，三级茶基本上没有了。1958年临近除夕，队里收了二千八百斤姜黄，烤了一半，队员一个个下山回家过年，我一人留在山上烤，党支书、工作组也劝我下山过年，我说：“我现在天天吃好饭好菜，和解放前比，哪一天不算过年！”后来烤好的姜黄卖给供销社，共得七百元，因质量好还受奖两百元。

花甲年龄逢双喜　光荣入党献终身

1959年10月，在我六十岁生日后的几天，党根据我的申请和一贯的表现，批准了我入党。我两眼闪着幸福的泪花，挺着胸脯在党旗和毛主席的肖像前庄严地宣誓说：“党，是您解除我的苦难，是您给我带来幸福，我只要还有一口气，就要永远听您的话，跟您走，为革命事业奋斗到底。”

我入党后就好像年轻了许多，入党前风里来、雨里去，三年磨坏十六把锄头、斧头、柴刀等；入党后更加有劲了，天天出勤劳动，一年到头忙在茶山。1962年实做工分三千三百七十四分（全大队最强的劳力可得四千分）。1960年新茶树大量采摘，晒茶场要扩大，我和社员商量自己动手扩建，辞退了木匠，给集体节约了二百元。

往日杳无人烟，野兽成群，一片荒凉的楮林山，如今变成了繁荣、富裕、景色宜人的一个大茶山。从1956年上山为集体创业到现在的六年中，从无到有，一共开了三百五十多亩茶园，生产茶叶三万七千多斤。这里不仅是茶山，也是药材、花果山了，新种的枇杷、柑橘、梨子、姜黄等遍布山岗。

有些同志说，你年纪这么大，还一心想着集体，顶风冒雨地做出这些成绩，真是“不老松”。其实，我这“不老松”全是党栽培起来的，是集体栽培起来的，没有党，没有集体，我什么也干不成。解放以前，我父亲从小就单身耕山，父亲死了，我十七岁就接过父亲的锄头，又开始了单身耕山的生活。那时，尽管我吃在山上，住在山上，一年到头地苦干，但是一个人能有多大力量呢？顾了开山，误了种茶；顾了种茶，误了管理。产量少，质量低，每年的收入，不够买粮糊口。这样一顿饱一顿饥地苦熬了半辈子，前后开出的三十多亩茶山，到解放前几年都已荒成了野兽窝。这就是旧社会单干农民个人苦斗的“收获”！合作化以后，在党的领导号召下，我同二十多个青年一起上山，不到几天就开出三十多亩，等于我过去半辈子的成就。公社化以后，耕山规模年年扩大，不到几年，茶山就扩大到三百五十亩，并且建立了机械化茶厂，用机器代替人工制茶。这次到上海开会，一路看到国家到处建设大工厂，更觉得国家和集体的力量实在伟大，如果没有党，没有国家和集体的帮助，哪里还有我这个“不老松”呢？我在这次会议上听了省委范书记和许副省长的报告后，又受到了很大的启发和鼓舞。我的年纪虽然老了，可是我的心还没有老，我一定好好学习，坚决听党的话，听毛主席的话，遵循党的指示，继续带头和培养青年一代，为巩固人民公社集体经济，为建设社会主义的新山区贡献出更大的力量。

楮林山上又一年*

黄仁盛

从1956年我响应党开发山区的号召，带头在楮林山上建立耕山队开荒栽茶种树以来，前后已经八年了。开山的事业年年发展，人的思想年年进步。我觉得1963年，可说是我们楮林山耕山队发展进步最快的一年，而这种进步和发展，又是和党的教导、鼓励分不开的。

去年3月，我有幸参加了华东和福建省农业“群英会”，先后听了周总理和华东局、省委负责同志的报告以及兄弟单位的先进经验介绍，心里可亮堂了。特别是听到周总理说到我国的茶叶已经向十三个国家出口，还有很多国家争着向我们订货，就更感到我们的担子很重。我一回到楮林山，就把见到的、听到的和学到的通通讲给队员们听。大家听了很受感动，许

* 本文原载《福建日报》1964年6月21日。

多队员都说："人家站在家门口，望到天安门。我们也要站在楮林山看到全中国。生产更多、更好的茶叶支援国家出口，支援社会主义建设。"一致表示要继续苦干，不断革命。于是，大家重订开山、产茶和育苗计划，鼓足劲头准备大干一场。

我看到队员们热情这么高，干劲这么足，便考虑怎样带好这帮人马。俗语说："有了好船夫，还要好掌舵"，"自己动手，胜说千遍"。于是在劈草炼山时，我带头摸黑早起；松土除草时，我带头精耕细作；茶树发生虫害时，我到深山挖药草，土药不灵，又采用鱼藤精喷射。茶毛虫消灭了，但茶袋虫不死，怎么办？难道能在虫害面前屈服吗？不能，于是我发动大家用手抓虫。有些队员看见虫多，治虫信心不足。我就鼓励大家说："过去那么荒凉的楮林山，我们都能把它变成大茶园，难道一些茶虫就消灭不了？"大伙都说："对！有心铁杵磨成针，决心灭虫虫难逃。"我先动手，大家也跟着动手，大抓七天，消灭了虫害，保证了春茶丰收。

要多产好茶，不但需要茶叶长得好，还要适时采摘制造。偏偏制茶的茶炭准备不够，需要马上补足。对于我们这些上了年纪的老头来说，上山砍柴路险，下窑烧炭天热，困难是很大的。我心里想，要多产茶，出好茶，尽到我们对国家的责任，怕吃苦是不行的。何况我是队长，是共产党员，又是队里年纪最大的一个，人家都在看我敢不敢克服困难。于是，我就带头上山。队员们看我带头，也都跟着上山砍柴烧炭。到7月间，三春茶登场，正是天气最热的时候，进窑挖炭更是闷热难受，我便把这种苦活自己承担起来，虽然窑中火气逼人，我进窑挖炭出炭浑身冒汗，几次脱水发昏，但我一想到这是出好茶、多出茶的物质保证，便有了坚持完成任务的勇气。就这样，我们的耕山队大家团结互助，同心同德，战胜了困难，提前备足了柴火和木炭，保证了制茶工作顺利进行。

为了提高制茶质量，我又特地带了几个队员到武夷茶厂去向他们学习技术，回队后学到的东西就用上了。制茶时我抓关键、把关口，一直坚持在炒茶、焙茶的最前头，狠抓制茶质量。虽然几夜没有合眼，热火逼人，眼睛红肿，手被热锅烫得起了泡，但是“国家需要好茶”激励着我，身上仍有用不完的劲。那些日子，我白天上山组织采茶，晚上回厂参加制茶，大家怕我累坏身体，劝我休息休息，公社党委书记还把我关在房间里，强迫我睡觉，可是我一想到还有许多茶叶没有制完，就再也安不下心，又设法逃跑回茶厂坚持制茶。我这样干，大家也都主动地加班干，从不叫苦。老汉李老三夏天还披着棉衣带病坚持制茶，使原计划二十天完成的任务，提前五天完成，大大提高了茶叶质量。

在制茶的日子里，我看到从高级茶中拣出来的茶头和粗茶，联想到我在上海参观时，见到有些工人老大哥把茶末当好茶喝，那么珍惜茶叶，就产生了用粗茶制好茶的念头。便把粗茶用蒸笼蒸过，再装进布袋趁热使劲地揉，揉得我手上磨出血泡，仍然坚持到底，结果把四千多斤粗茶复制成二级茶，提高了茶叶品质，也为队里增加一千多元收入。队员邓望顺说我爱社如家，是社员的好当家。我说这是队员对我的信任和鼓励，比别人还差得远，要赶上别人还得加把劲呢。

几年来，我心里一直记着“增产不忘节约”。去年茶叶大增产，晒青坪不够用，要搭个新的，有的队员说请木匠做。我算了一下，需要七十多块木板、二百多个工、九百多元钱，不合算。于是就和大家讲清道理，发动大家自己动手开辟晒坪，仅花了二百三十多工，节约了大笔开支。

要使队里勤俭节约成风，必须自己带头。我常到县里开会，每一次都挑一担茶叶到二十五里外的水吉茶叶站卖，然后从水吉再乘车到建阳。建阳开会回来我又从水吉下车，到茶叶站挑回奖售的粮食或化肥。虽然从我们大湖到水吉有汽车可坐，但是我想自己挑运可以节约运费，对集体有利，尽管肩挑重担，心里却很快乐。去年，我外出开会八十九天，公家给我补贴费六十七元九角，我把这笔钱都交给集体。队员们说我开会多，用钱大，这是国家给我的补贴，集体不能收。可是我说：我出外开会吃公家的饭，用公家的路费，已经很够了，这笔钱应该交给集体。

楮林山的茶叶丰收了，我又多么希望农业队的粮食也来个大丰收啊！可是去年大旱，田里的水一丘丘干下去，把我急坏了。我白天找水源参加抗旱，晚上想措施不能合眼。后来县里送来了抽水机，由于缺少杜木无法安装。说来真见鬼，楮林山这么大，就是找不到杜木。我花了一天时间到深山里找到一根八十多斤的杜木扛到河边。二队社员陈建雄看我老头这么关心抗旱，他连夜下水装机。当机器把水抽到田里时，我舒了一口气，心里万分感激国家和工人老大哥的支援。

我常这样想，个人先进还是单枪匹马，众人先进才能排山倒海。要是全县全省都大种茶树，这对国家的贡献不是更大吗？于是，我们队里每年都压条繁育茶苗。去年共培育水仙茶良种八万株，自己种了三万株，拿出五万株支援兄弟社队。当这些茶苗长大时，有的队员对我说：“老叔，现在趁早选好的茶苗给自己先种上吧！”我想：我们本山育苗本山种，容易活。人家要运到外地种，差的苗难栽活，决不能把方便留给自己，把困难推给别人。我教育队员，要有舍己为人的思想，应当留差的，卖好的。除已种下的一万二千株外，还有一万八千株要等兄弟社、队选去后我们再种。

我们耕山队创业至今已经八年了。八年来我们共开垦茶山三百多亩。队员从原来的十二个增加到十九个，多数虽是五十岁以上的老汉，但是我们人老壮志在，个个都下了“艰苦创业再创业，连续增产再增产”的决心，要为社会主义事业多出一把力，来报答党和国家对我们的关怀和鼓励。1963年，我们在连续五年增产增收的基础上，又取得了大幅度增产增收。茶叶产量达到一万六千八百六十三斤，比1962年增产41.32%，产值达到一万七千七百四十一元，比1962年增长51%。在搞好茶叶生产的同时，继续套种一些粮食作物，收小麦一千四百一十二斤、番薯一千二百斤、油桐一千三百斤，如果加上杂粮和其他副业收入，总产值达到一万九千六百二十八元，比1962年总产值一万四千五百二十四元增长35.5%，每人平均生产一千多元。茶叶品质也有很大的提高，平均茶价每担达到一百元零五角，都在二级茶以上。一年来，楮林山还新种茶树一万二千株，培育茶苗八万株，除自种了三万株外，还支援兄弟社队五万株。

由于开山、培育茶苗和产茶计划全面完成，使1962年华东和省的农业先进种子在楮林山开花结果。丰收后，队员们实现了“站在楮林山，看到全中国”的诺言，卖给国家优质茶叶一万六千多斤。比前年增加了四千多斤，超额完成21%，得到国家的表扬和奖励。许多人称赞我说：“楮林山上茶山好，年年增产又增收。千年荒山变金山，仁盛老伯功劳高”。我想，这是大家对我的鼓励和鞭策，决不能自满骄傲。如果说我们耕山队去年做出了一些成绩，也应归功于党的领导，归功于人民公社的集体力量。这次我又参加了福建省农业“群英会”，听了首长的报告和兄弟社、队的先进经验，得到很大的鼓舞。我虽然已经六十六岁了，但是在新的一年里，我决心以更大的干劲，为国家生产更多更好的茶叶。

第二辑

“不老松”精神的传承

高山探宝记*

王文铿

在建阳水吉公社里，经常可听到干部、社员们对外来的客人说："请到我们水吉大队的耕山队去看看吧！那里有'粮仓''油田'，林海、花园，到处都是宝……"他们介绍的这个耕山队，就是曾经号称"闽北耕山先锋"的联盟耕山队。这个耕山队是1957年由联盟高级社的十九个老农倡议组织的，公社化后日益壮大，现在长年住在山上耕山的社员达三十多人，成为水吉大队的一个生产队。耕山队开发的一千五百多亩荒山，已经成了粮、林、油、茶的综合基地。这里写的是记者最近到这个耕山队"探宝"的几个片段。

---

* 本文原载《福建日报》1961 年 11 月 21 日。

喜看高山新“粮仓”

“先到耕山队的‘粮仓’，看看吧！”陪我上山访问的水吉大队党总支书记吴元今一边向我建议，一边在前带路。

我们沿着一条傍山的羊肠小道朝着山上走去，沿路树木参天，白云就在山巅飘过，景色十分迷人。翻过一峰又一峰，不一会眼前便出现了一个林木稀落的高山坡，我一下子又被这里另一种绝妙的景色迷住了。你看，重重叠叠的梯园像宝塔般地从山麓一直伸展到山顶。梯园上长着一行连一行的杉、松、油茶幼林，远远看去好像整齐的图案。而走近一看，只见林间遍布番薯、薏米、木薯、蕉芋等作物。“这正是我们耕山队的粮仓！”带路的吴元今边解释，边轻快地弯下腰，随手拨开了一株番薯头的表土，只见五六个肥大的番薯块一个挤一个钻在土里。他一连挖了十多株薯头，每株都结了五六个大薯块。这时，吴元今笑眯眯地说：“现在离收成还有个把月，只要再下一场透雨，薯块还能长得更大。”我不禁连声赞美。我们爬过几层薯园，又看到了两座高大的茅棚。吴元今向我介绍说：“这也是耕山队的粮仓。”原来这座无名的荒山，土壤特别肥，耕山队在这里开垦了三百五十多亩山地营造杉、松苗，同时就在林间种下番薯，绝大部分不用施肥，一亩就能收六七千斤鲜薯。冬天，他们还利用林地种马铃薯、小麦，开春之后，又种玉米等。山上收的粮食数量多，一时运不到山下去，便就地加工、就地存放。1958年以来，耕山队粮食做到完全自给，每年还售出余粮一万五千多斤。

白发老翁话“油田”

记者参观过耕山队的“粮仓”后，又爬山来到了一处云雾缭绕、流水潺潺的地方。只见山腰好大一片郁郁葱葱的油茶林，像一条墨绿色的缎带飘过几道山岗。油茶林里，不时传来采撷茶籽的姑娘们的欢声笑语，这里就是社员们所称颂的“油田”。

“同志，到这里面看看！”油茶林内忽然闪出了一位须发花白的老汉，他自我介绍是耕山队的技术顾问林孔有。我们跟着这位老汉进了油茶林，举目所见，每株油茶树都挂着成串成串的油茶果，有些油茶树枝竟被果籽压弯了，姑娘们喜笑颜开地采摘下成熟果籽，不一会便装满了箩筐。林孔有老汉看到这些，也和姑娘们一样满脸露出笑容，并且和我们谈开了这里种植油茶开辟“油田”的经过。原来，这片土壤肥沃、阳光充足的好地方，直到1957年办了高级社组织了耕山队以后，才得到开发。但那时集体力量还不够大，不能根治山洪冲刷，所以垦复油茶只能采取东两锄西两锄零敲碎打的办法，不能全面除草垦荒。1958年秋天公社化后，耕山队增加到三十多人，公社还根据“受益多少，出工多少”的办法，组织人力在山上修建两个水库，把山水引来灌田，防止山上暴洪，利用这片好山场全面垦复和种植油茶。三年中一共垦复和新种油茶和油桐五百多亩，去年大部分油茶开花结果，采摘了油茶、油桐九千多斤。许多新造的油茶幼林，由于精心管理，生长也很迅速，两三年后即可大量收成。所以，社员们高兴地把这里叫作“油田”。

“棕树窝”和“药材岗”

联盟耕山队在高山上只生产粮食和油茶吗？不，他们生产的东西可多哩！记者在访问中看到两个奇妙的地方：一处是一个几乎终年不见太阳的峡谷，过去许多人都说这个山谷没有用，但是耕山队员们却利用了这个阳光稀少的地方种上了号称“不怕阴”的棕树，几年前种的数百株棕苗，现在都已长至一人多高，有的已开始剥棕，人们现在称这个地方为“棕树窝”。另一处是一个烈日暴晒、山风呼啸的高山岗，如果种下杉松，受不了日晒风吹，就会成为不易长大的“千年铁树”。耕山队根据这个地方特点，种下了枝杆矮小、不怕强风而又耐旱的作物——姜黄、黄连。去年种的姜黄已开始收成，每亩最少收了六百斤，现在这里被社员称为“药材岗”。“棕树窝”“药材岗”这两个小小的地方给参观的人们留下了深刻的印象。人们从这里看到了联盟耕山队社员们的无穷智慧，也看到了“高山无处不出宝”的实例。只要谁有革命的干劲，谁肯艰苦斗争，谁就可以得到大自然的奖赏。

无名高山有了名

联盟耕山队社员几年来艰苦奋斗，在高山开荒造林、扩种、改造自然，使这些原来无名的荒山，有了“粮仓”“油田”“棕树窝”“药材岗”等称号，而这些高山也进一步吸引着山下的群众。当记者离开这里时，水吉公社的水吉大队已经决定，秋后立即组织人力上山，再开荒四千至五千亩，扩大耕山范围。这样，今后就有更多的无名荒山有自己的新名了。

感悟2：

青山永续需留人*

王文铿

编辑《楮林山上不老松》系列文章时，我脑海里浮现出又一篇报道——《高山探宝记》，这是《楮林山上不老松》的姐妹篇。当年我采写黄仁盛耕山队报道之后不久又采写了另一个耕山队的报道。

这个耕山队属建阳县水吉镇管辖，与楮林山耕山队相隔只有几十华里。他们就是在黄仁盛不怕困难、一心为公、艰苦创业的革命乐观主义精神鼓舞下，由十一位老农民带头上山组成的联盟耕山队。他们开垦荒山，种植茶、油茶、药材等作物。经过几年精心管理，取得初步战果。过去长期荒废的山地，呈现出一派生机勃勃的绿色景象。许多过去无名小山，被冠上

* 本文原载《往事如歌——新闻启示录》2015 年 3 月。

了“油田”“药材岗”等富有诗意的新名字。这几位老农带头做了榜样，许多村农民也跟着上山办起了耕山队。这是公社化时的情况。

前些年，开展了集体林权制度改革，林权分配到户，农民有了自留山，他们耕山、爱山、吃山的积极性更高了。许多农民依据自由结合原则，创立“1+2”或“1+3”专业合作社，根据长短结合原则，发展多种经营，耕山的收入比过去更多了，到处呈现“百姓富、生态美”的景象。这个地方的耕山状况说明了一个道理：现在农村的情况同过去大不一样了。年轻人喜欢往外跑，想去大城市赚钱。留在农村家的多数是老年人，他们既要种田，又要耕山，一手难抓“两头鳗”，所以更需要干部们对他们的具体指导。建阳县水吉镇的干部注意到这一情况，引导农民根据自愿的原则，自由结合创办专业合作社，取得了良好成效。他们的经验，充分证明了“青山永续需留人”的道理。

要楮林山一变十　十变百百变千*

——黄仁盛队帮十二个队赶上先进的故事

田文光　李日照

楮林山上“不老松”——建阳小湖公社大湖大队共产党员黄仁盛领导的耕山队，去年在进一步搞好本队茶叶生产的同时，热心帮助附近十二个兄弟耕山队学习先进，赶上先进。

去年，楮林山耕山队茶叶总产量达到一万九千五百多斤，比1963年增长14.7%，出售给国家的一级茶比上一年增长13%。全队还继续开山扩大茶园一百亩，并且培养出十三万株好茶苗支援兄弟队。附近的十二个耕山队在他们帮助下，一共种下新茶一千四百一十亩，茶山面积比过去扩大30%。去年虽

* 本文原载《福建日报》1965 年 3 月 1 日。

小湖镇茶山

然都遇到了干旱和虫害，茶叶仍获得了增产。十二个队向国家交售茶叶达六万五千斤，比上一年增加4%。

1962年以来，小湖公社各大队一批贫下中农学习黄仁盛，组织了十二个耕山队。但是，这些耕山队，由于缺乏经验，有不少生产搞得不够好。去年春天，黄仁盛从省农业先进单位暨先进生产者代表会议回去后，就决心帮助这些队改变面貌赶上先进。

“茶靠人栽，人靠思想。”黄仁盛和耕山队员决心先把这条经验传给兄弟队。小湖大队的一个耕山队，原来经营三百八十七亩茶山，因为队里干部和社员没有认识到发展茶叶的重要意义，干劲不足，半种半荒。黄仁盛就找耕山队队长徐文春谈心，对他说：“种茶叶是一件大事，我去华东、省里开会，首长都说茶叶可以出口换机器，越多越好，我们在山上种茶就是为了革命，你当队长一定要给大家讲清这个道理。”还告诉徐文春要怎样当好耕山队队长：不但要吃苦耐劳、带头劳动，还要先别人后自己，从各方面关心大家。徐文春听了十分感动，工作信心更足、劲头更大了，就带领社员重新上山艰苦耕山，开出新茶山一百八十亩，按楮林山的耕作标准改造了三百八十七亩旧茶山，补栽下茶苗一万五千株。

有一次，黄仁盛听说下源耕山队把五万多株茶苗高价卖给兄弟队，他认为这件事做得不对，立即赶到下源队，向队长邓望树讲家史、村史，启发他回忆对比，提高觉悟，邓望树在他启发下提高了认识，动员社员把多收的茶苗款五百多元退还了兄弟队。邓望树感激地说：“不是仁盛伯及时帮助，我又走错了方向！”

去年，黄仁盛到公社、大队和兄弟耕山队介绍经验达四十九次。发现各队新开的茶山多，需要大批茶苗，他就同社员们商量，选出一片好地作为苗圃，培养茶苗支援兄弟队。有的队员一时想不通，说：“古话说‘生儿子苦母亲’，育一千株茶苗，母树要损失十三斤茶，育二十万株苗，就是要减收二千六百斤茶叶，第二年还没有茶采，共要损失五千二百斤茶叶。培育茶苗支援人家使自己减产，帮助人家赶上先进，自己丢了红旗划不来。”黄仁盛就耐心进行教育，说：“我们应当使楮林山一变十、十变百、百变千，有成千上万的‘楮林山’，对国家的贡献才会大。”“帮助后进赶上先进是先进单位的光荣职责，人家赶过了自己，就向人家学习再赶上去。”结果全队培植了二十万株茶苗。茶苗培育起来了，黄仁盛要选根旺、粗壮的好苗支援兄弟队，把次苗留下自己栽，有个别队员不同意，黄仁盛又教育说：“人家买去要远运外地，要好苗才能种一株活一株，自己队有栽培技术，应当次苗留下自己种才是正理。”就这样他挑选了十三万株好苗支援兄弟队。贵源大队缺茶苗到处买不到，黄仁盛还带领社员给他们送去七千株茶苗，种下去株株成活，长得又快又旺。社员们都感激地说：楮林山给我们送来了“放心苗”“风格苗”。

楮林山耕山队在热心帮助别人的时候，虚心向兄弟耕山队学习，取人之长，补己之短，使自己得到更快的进步。楮林山耕山队过去缺乏经验，没有注意做好水土保持工作。兄弟队代表来参观提出了这个意见。有的还介绍了“开沟防洪、种树保土”的经验，黄仁盛听到这些宝贵的意见立即和社员研究在山上突击开了四条防洪沟，在沟边栽了杉木苗，在比较陡的茶园边缘，种下许多小白茶。这样，既保持水土，又能使土地充分发挥作用。去年初，他们在订增产规划时，原来只打算扩大茶山四十亩，后来听到东鲁大队耕山队上山安营扎寨，一举开山种茶二百五十亩的消息，黄仁盛就说：“我们要向东鲁队学干劲。”结果全队修订规划，一举劈草开山一百亩，比原计划增加了六十亩。

最近，黄仁盛和耕山队员们通过总结经验，已制订了今年和兄弟队互学互帮的新计划。

宛如平常一首歌*

——寻访建阳区大湖村黄仁盛开荒造林的足迹

卢小标　王柳珍　朱领军

在建阳区小湖镇大湖村，提到“楮林山上不老松”黄仁盛，老一辈人记忆犹新，新一辈人崇敬有加。黄仁盛虽然去世38年了，但他的名字一直铭刻在人们的心中。他把荒山变成宝山的传奇故事，至今被广为传颂。清明时节，记者到大湖村寻访黄仁盛当年开荒造林的足迹。

艰苦奋斗　荒山变宝

在楮林山脚下，记者看到，山上成片的杉木、毛

* 本文原载《闽北日报》2015 年 4 月 13 日。

竹、茶树，郁郁葱葱，满目苍翠。

“前面那片杉木二代林，就是黄仁盛当年种的。”“杉木已经被砍掉一轮，现在是新长的，有碗口粗了。”“毛竹最初是一小片，后人也种一些，现在是一大片了。”……随行的小湖镇干部张诗宏、王晶边走边向记者介绍。

黄仁盛，小湖镇大湖村人。解放初期，大湖成立初级社，黄仁盛被推选为社长、耕山队长。1955年，他只身到楮林山垦荒植树种茶，套种杂粮、药材，之后带领村民开辟荒山、开办茶厂，建成闽北第一个新茶园。1958年，60岁的黄仁盛加入中国共产党，此后多次被评为县、地、省和华东区农业劳动模范。1977年6月，他因病逝世，终年79岁。

当年，黄仁盛是如何艰苦创业、改造荒山的？

记者寻访到继黄仁盛后接任耕山队队长的谢正寿老人。谢正寿今年81岁，思路清晰，身体硬朗。记者上门时，他正在穿针引线，缝补衣裳。谈起黄仁盛，他显得激动和骄傲。

故事从20世纪50年代说起。

解放初期的闽北，百废待兴。黄仁盛看到大湖粮食歉收，百姓吃不饱饭，而楮林山杂草丛生、生态系统退化。他吃不好饭、睡不好觉，做梦也在想如何让荒山变金山。

1955年，他向社员发出了开山绿化、植树种茶、套种耐旱杂粮的倡议。但有些社员感到困惑："上山种树二十年才有收成，种茶也得四五年。仁盛，你快60岁了，何必这么辛苦？"

"前人种树，后人乘凉，让荒山变金山银山有什么不好？"黄仁盛说。

尽管道理说了不少，但还是没人愿意跟他干。黄仁盛只得独自一人卷着铺盖到离村庄3公里远的楮林山开荒。在山上，他住草棚，吃地瓜杂粮，每天日出而作、日落而息，遇到大风大雨照样干。

几年下来，他挖坏了十几把锄头、斧头等。村里黄文金等11位老农被他的无私精神感动，也拿着农具、带着生活用品上山种树种茶、种杂粮种药材，并推选黄仁盛当耕山队长。受黄仁盛的影响，40多位青年也上山了，300多亩茶山渐成规模。收成后，最高时收优质水仙茶7000多公斤、杂粮7500多公斤、药材1800多公斤，荒山变宝不再是梦想。

黄仁盛艰苦创业的精神鼓舞着更多的人。随后，小湖公社成立了10多个耕山队，建阳全县也成立了80

多个耕山队。

守望青山　造福人民

黄仁盛一辈子没有生育子女，他和妻子只收养了一个女儿，养女生育了二男四女。

记者寻访到黄仁盛的外孙黄礼福。黄礼福今年58岁，从17岁起跟随黄仁盛在楮林山开荒种树，1984年担任大湖村村干部至今。

“外公给我的印象很深刻，他留下的老老实实做人的道理，艰苦奋斗的品德和百折不挠造福人民的精神，影响我们一辈子。”黄礼福深情地回忆起当年跟随外公开荒造林的艰苦岁月。

当年耕山队队员最多时达到近百人，大家都吃住在位于半山腰的楮林禅寺。天刚蒙蒙亮，黄仁盛总是第一个上山，埋头干活；大家都收工时，他在外孙的一再呼唤下才返回。

艰苦的生活环境、高强度的劳动都没有难倒黄仁盛，最让他难过的是缺乏新技术，粗耕粗种，产量低、效益差。

黄仁盛看到楮林禅寺里种了几棵茶树，长势喜人，寺里还用这些茶青制成不错的茶叶。他通过仔细观察，认真与寺里僧人交流，摸索出新的种茶技术，选用水仙良种，及时除草松土、增施肥料、防虫治虫。

茶产量和质量提高了，从一年采一季变成一年采三季，每亩产茶50多公斤，改变了过去“四年剪尾，五年小采”的低产状况。

黄仁盛还在楮林山上办起了制茶厂，进行茶叶精加工。刚开始筑炭窑时，他失败了七八次，一次次总结经验，再一次次重新烧炭窑，先尝试烘焙采收的中药材姜黄，再亲手炒茶青、焙茶，终于成功制出大批一等茶。

说起黄仁盛，今年81岁的小湖镇政府退休干部康树尧更是如数家珍。

康树尧说，黄仁盛的事迹感人至深。1958年的春节，黄仁盛经大队党支部书记邵金兴一再动员，才在家里过一个除夕，正月初一又怀揣两块年糕回到耕山队干活。为了节省木工工资和木料，黄仁盛与耕山队员利用休息时间，用枝条搭了一个大大的晒茶坪。

黄仁盛话语不多，吃完饭便做工，在制茶季节，经常通宵熬夜。60多岁的老人精力如此充沛，令年轻的康树尧自愧不如。

“我没有见过他，但经常听父辈们讲起他。”今年41岁的大湖村党支部书记黄祥枝给记者讲起了一个流传很广的故事。

一次，黄仁盛挑着茶叶到十多公里外的水吉公社茶叶站，半路上下起倾盆大雨。他不假思索脱下衣服盖在茶筐上，自己打着赤膊，挑着担子，一直走到茶叶站。事后有人说他傻，他却说：“集体的东西，比自己的命还重要。”

黄礼福永远记得外公去世的那一天。临终前，黄仁盛拉着亲人的手叮嘱道：“死后，把我葬在楮林山下，我要永远守护着这片青山。”

黄仁盛走时，家里还欠着200多元债务。如今，他栽下的小树苗长大了，成为大湖小学等楼房的栋梁之材；他种下的翠竹漫山遍野，成为一道碧绿的风景线，也鼓起了村民的钱袋子……

绿色丰碑　精神永存

经过黄仁盛和耕山队员艰苦奋战二十几个春秋，

昔日贫瘠荒芜的楮林山变成了希望的沃土。

黄仁盛的创业精神，一直激励着后人改变家乡面貌，不断创造更加美好的未来。如今，黄仁盛生前所在的大湖村已基本消灭荒山，造林护林面积1.08万亩，成为一个绿色生态村庄。

在建阳区政府，记者还见到原建阳县副县长、当年采访过黄仁盛事迹的黄金山。黄金山今年83岁，他回忆着当年采访细节，不时为黄仁盛的可贵精神感慨。

黄仁盛的可贵之处，关键在于有信心、有决心，苦干实干。“要坚决把楮林山荒山消灭掉，才好养老、才好睡觉。”他这样说，也这样做，一步一个脚印地实现梦想。

1958年10月的一天，村支书兴冲冲地找到黄仁盛：“仁盛叔，公社党委正式批准你入党了，跟我下山去开支部大会吧。”当时，黄仁盛激动得说不出话来。支部大会上，他两眼闪烁着幸福的泪花，庄严地向党旗宣誓。

入党后，黄仁盛的干劲越来越大。1960年，他的工分，超过定额一倍多。

黄仁盛的事迹极大鼓舞和带动建阳农村、闽北山区农民耕山种树，绿化环境，创造美好生活。他在平凡的岗位上取得不平凡的成绩，宛如平常一首歌，永远激励着后人不断进取。

20世纪60年代，黄仁盛的事迹得到了国家以及福建省主要媒体的表扬。1961年11月，《福建日报》刊发黄金山、朱云旺、王文铿采写的长篇通讯《楮林山上不老松》及评论《革命的乐天派》。同年12月7日，《人民日报》将上述两篇文章全文转载刊发。此后，《闽北报》陆续刊发了《千年荒山翻了身　茶桐果杉竞争春》《建阳开展学习黄仁盛活动》《黄仁盛归队以后》《比起黄仁盛我还差得远》等报道。

福建省许多县市、公社干部群众纷纷到大湖学习。那段时间，每天都有几十甚至数百人前去取经……

前人栽树，后人乘凉。黄仁盛把自己的生命注入生生不息的青山，融入造福人民的伟大事业，获得了永生。

让“不老松”的精神发扬光大*

金文钦

在学习贯彻党的二十大精神过程中，建阳区小湖镇发掘整理“楮林山上不老松——黄仁盛”的先进事迹。通过树碑立传、主题宣讲、走村串户、寻访足迹等形式，重温老劳模“变荒山为宝山”的传奇故事，用以激励基层党员、群众，为乡村振兴加油鼓劲。这也是新时代运用先进典型激发普通党员、普通群众的高尚情操和精神力量进行的有益探索。

20世纪五六十年代，小湖镇大湖村出了一位与水仙茶结缘的人物——黄仁盛。1956年，57岁的黄仁盛只身一人，上了荒无人烟的楮林山，开垦荒山，种植茶叶。随后带动山下12名50多岁的老农和20多名青年上山组成耕山队，长年住在山上，风餐露宿，辛勤劳

* 本文原载《福建日报》2023年4月7日。

作，用5年时间，开垦茶园300多亩，并建设制茶厂，获得可观的经济效益。在黄仁盛先进事迹影响下，当年小湖公社成立了10多个耕山队，建阳县成立了80多个耕山队，形成了浓厚的创业氛围。

黄仁盛艰苦创业的事迹传遍八闽山乡，当地村民盛赞他是“楮林山上不老松”，得到各级领导的高度重视。他先后8次被评为省、地、县劳模，光荣出席华东区农业“群英会”。1961年《福建日报》发表长篇通讯《楮林山上不老松——任共产党员黄仁盛带领群众艰苦奋斗开发山区的事迹》和题为《革命的乐天派》的评论，而后，《人民日报》全文转载《福建日报》通讯和评论。黄仁盛离世40多年了，他垦荒种茶的“愚公”故事，至今在楮林山下广为流传。

党的二十大之后，全国各地深入推进乡村振兴战略。然而有些地方在充分发挥农民主体作用上并没有达到预期的效果。原因多样，不少农民在城里打工，经济收入不再以乡村为主，对于乡村振兴的关注度有所减弱；留守的农民担心力量单薄，也缺乏应有的信心；有些干部工作不细，不善于激发农民的主动性积极性，以致出现“干部忙，农民看”的窘境。农民的参与度，也就成了乡村振兴绕不开的一个突出话题。

已建成的仁盛亭玲珑精巧

乡村振兴，农民是受益者，又是建设者。理当顺应农民的呼声，唤起农民的觉悟，尊重农民的意愿，反映农民的要求。有了农民的积极参与，实现农业变强、农村变美、农民变富，乡村振兴就指日可待。为此，在乡村振兴中要全心全意相信和依靠农民，放手让广大农民在乡村振兴中“唱主角、挑大梁”。

实现乡村振兴的愿景，不可能一蹴而就，同样要发扬革命战争年代的那一股革命热情、那一种拼命精神。小湖镇摒弃行政命令和包办代替的做法，着力发挥农民的主体作用，着力发挥榜样的示范作用，这也体现了我们党历来提倡的优良传统作风。黄仁盛花甲之年毅然上山创业，生动体现了老一辈共产党人的信仰力量和吃苦耐劳的精神。榜样的力量是无穷的。群众身边的老劳模和新典型，群众看得见、摸得着，可信、可学，足以凝聚基层党员、群众的信仰力量，激发他们投身乡村振兴的自觉性。

让“不老松”的精神发扬光大，还有产业振兴的意义。大湖村是中国水仙茶的原产地，人工栽培已有300多年历史。“醇不过水仙，香不过肉桂”，武夷山茶区素有这一评价，说的就是水仙茶品质上乘。水仙茶名列48个“中国国家级茶树良种”之首，堪称福建茶叶中的一颗明珠。实际上从20世纪中叶始，黄仁盛四代人赓续着与水仙茶结缘的故事。当年他们洒下的汗水已结硕果，如今不少农户引种水仙茶而致富。学习“不老松”的精神，有望把水仙茶做强做大，成为该镇“一品”，有效提升农民经济收入，充分激发农民在乡村振兴中的主体作用。

不老松下春常在*

记者　姚雨欣　通讯员　丁晓雄　江苏闽

20世纪五六十年代，华东区农业劳动模范黄仁盛带领社员将“荒山变宝山”，写就“楮林山上不老松”的传奇故事，激励一代又一代人干事创业——

“今年茶叶收成总体稳中有增，但也出现个别茶树老化速度过快的问题，需要注意茶树生命周期管理，加强优质树种的培育。”5月底，连日阴雨初晴，尽管今年的春茶季已经告一段落，66岁的黄礼福还是往茶山跑了好几趟，在查看长势之余仔细总结经验，为来年做好打算。

黄礼福所处的南平市建阳区小湖镇大湖村背靠楮林山的怀抱，依山傍水，气候宜人，是中国水仙茶的

* 本文原载《福建日报》2023年6月5日。

原产地。小湖水仙茶作为乌龙茶类的上乘佳品，是48个“中国国家级茶树良种”之一。2017年，“小湖水仙”正式注册成为中国地理标志证明商标。

实际上，这片青绿山水与这片“金叶子”来之不易，从20世纪中叶开始，得益于老共产党员愚公移山般的艰苦奋斗，当地写就了一个生生不息的动人故事。

赓续“荒山变宝山”的故事

“曾经的楮林山乱石嶙峋、杂草丛生，我的外公黄仁盛带领村民垦荒种树，在荒芜贫瘠的山上建成了闽北第一个新茶园。1974年初中毕业后，我便跟着外公一起上山。陪伴他左右的三年时光，是我一生最大的财富。”在黄礼福的记忆中，外公常年吃住都在山上，除了过年，以及下山开会，平时很少回家，把后半辈子献给了大山。

在小湖镇，至今流传着“楮林山上不老松”的传奇故事，说的便是黄仁盛。每每提起，老一辈人记忆犹新，新一辈人崇敬有加。

1955年，57岁的黄仁盛抱着“要让村民们吃上饱饭、要为光秃秃的楮林山披上绿衣”的坚定信念，独自卷着铺盖上了楮林山，开山绿化、垦荒种茶、套种杂粮。在他的带动下，10余名老农和40多名青年也陆续上山，风餐露宿，辛勤劳作。他们让300多亩茶山渐成规模，并建设制茶厂，获得了可观的经济效益。

得益于楮林山的开发，大湖村经济发展迅速，最高时一年收获优质水仙茶7000多公斤、杂粮7500多公斤、药材1800多公斤……村民们银锄挥舞，赶走昔日遍野荒凉，让“荒山变宝山”的梦想成真。在“不老松”先进事迹的影响下，当年小湖公社成立了10多个耕山队，建阳县成立了80多个耕山队，形成了浓厚的创业氛围。

沿着黄仁盛的脚印，黄家四代人与水仙茶结缘的故事仍在续写。

受外公的影响，黄礼福扎根大湖村近40年，现担任村里的农技员兼报账员。工作之余，他将60余亩茶山打理得井井有条。“外公为人和蔼可亲，做事一丝不苟，连挑茶叶下山压的松紧度，他都会悉心教导。这般坚持不懈、吃苦耐劳的精神，要作为我们的家风一直传下去。”黄礼福说。

如今，黄礼福的儿媳妇黄清清，已成为当地水仙茶制作技艺传承人。她制作的茶获2022年“张天福杯”暨第十九届“闽茶杯”（闽北白茶）金奖。“一心一意做好茶，是一份传承，更是一份责任。”黄清清说。

在“不老松”精神引领下，小湖镇群众积极加入干事创业的队伍，如今有不少农户引种水仙茶致富，当年播撒的种子结出了“金叶子”。截至目前，小湖镇共有茶企及各类茶叶合作社40余家，水仙茶种植面积1万余亩，水仙茶树优异种质资源保护区319亩，全镇茶叶年产量500多吨，年产值达1.3亿元。

“不老松”精神薪火相传

步入今年4月18日正式开馆的小湖镇水仙祖庭馆，26盏古色古香的灯映入眼帘，描绘了“以茶喻廉”等26个小湖水仙茶文化的故事，润物无声，意蕴悠远。在“祖庭水仙·薪火相传”板块，一张摄于1961年的黑白照片格外醒目。画面中，精神矍铄的黄仁盛与村里的年轻人围坐在楮林山上，相谈甚欢，明朗的笑容充满了感染力。

“不好好劳动，就对不起党和人民政府。吃过黄连的人，吃砂糖分外甜。这些黄仁盛讲过的话，至今仍广为流传。1958年10月，60岁的黄仁盛加入中国共产党。他先后8次被评为省、地、县劳动模范，光荣出席华东区农业‘群英会’……”馆内，小湖镇党群服务中心工作人员周林煊正在为来访团队讲述“不老松”的故事。

作为“福小宣·潭人说理”宣讲团的成员之一，今年以来，周林煊已进入机关、农村、社区参与巡回宣讲5场次。将黄仁盛同志先进事迹融入主题教育，是建阳区新时代运用好“老典型”的一个缩影。

在学习贯彻党的二十大精神过程中，建阳通过实地调研、寻访足迹等形式，多角度挖掘老劳模和新典型的精神内涵及时代意义，再通过树碑立传、主题宣讲、走村串户、召开座谈会、组织媒体采访等方式，让先进典型故事在基层党员群众中“开花结果”。

如今，黄仁盛生前所在的大湖村造林护林面积达1.08万亩，成为一个绿色生态村庄，获评“福建省生态乡镇”“福建省绿色乡镇”“福建省文明乡镇”。

满目青山夕照明，伏枥仍存万里心。昔日“荒

建阳区小湖镇大湖村水仙母茶基地

山变宝山”的英雄，激励着一代又一代年轻人建设家乡、干事创业。

今年30岁的黄旋是楮林山脚下的一抹“新绿”。2021年，他返乡创业，开办茶厂，同年开始担任大湖村党支部书记兼主任。

在黄旋看来，榜样的力量是无穷的。他说：“从不毛之地到绿色宝山，楮林山经历了翻天覆地之变，黄仁盛的事迹生动体现了党员的信仰力量和吃苦耐劳的精神，激励我们沉下心、俯下身，以主人翁精神践行‘两山’理念，服务乡村振兴。”

如今的楮林山上，满目苍翠，山间的杉木林、毛竹林郁郁葱葱。小湖镇人民依靠绿水青山的哺育，安居乐业。漫步镇区，但见路面干净整洁，店铺林立，南湖生态公园、党群服务活动中心、村民活动中心等民生设施惠及全镇群众。

不老松下春常在。黄仁盛当年栽下的小树苗已然长大，成为修建学校的栋梁之材；他带头开垦的荒山变绿了，更多的生态茶园正加紧建设；他的奋斗精神汇聚成“楮林山上不老松”的传奇故事传遍闽北山乡，正凝聚起越来越多基层党员群众的信仰力量……

第三辑

黄仁盛与水仙茶的不解情缘

水仙茶传承发展带来的启示*

王文铿

观赏黄坑、生态溪源、麻沙楠木林等景区的美丽风光，体会考亭朱子文化旅游区的文化底蕴，重温太阳山旧址的红色故事……今年“五一”假期，南平市建阳区游客络绎不绝。游客在观景之余，还可以吃特色美食，品水仙茶，心旷神怡。

水仙茶是中国茶叶优良品种之一，是福建乌龙茶类中的一颗明珠，如今已香飘万里，誉满中外。在水仙茶传承发展历程中，老劳模黄仁盛作出了独特贡献。水仙茶原产于闽北，早在1000多年前，建阳、建瓯一带就有这种茶。建阳区小湖镇更是水仙茶的发源地，2017年小湖镇水仙茶获评中国地理标志证明商标，是该镇特产“小湖三宝”之一。然而，直到20世

* 本文原载《福建日报》2023 年 5 月 5 日。

水仙母茶基地

纪50年代，水仙茶仍然粗放种植，名气不大，产量不高。1956年，57岁的黄仁盛带领耕山队来到小湖镇楮林山开荒，5年开垦茶园300多亩，并建设制茶厂，获得可观的经济效益。

在黄仁盛先进事迹影响下，当年小湖公社成立了10多个耕山队，建阳县成立了80多个耕山队，形成了浓厚的创业氛围。黄仁盛先后8次被评为省、地、县劳模，1961年《福建日报》发表长篇通讯《楮林山上不老松——记共产党员黄仁盛带领群众艰苦奋斗开发山区的事迹》和题为《革命的乐天派》的评论，而后，《人民日报》全文转载《福建日报》通讯和评论。黄仁盛离世40多年了，但他种茶制茶的事迹，对老工艺的传承发展仍具有启示价值。

从重温老工艺发展历程中汲取艰苦创业的精神营养。在历史长河里，八闽大地涌现的老工艺众若繁星，但能传承光大的，无不凝聚了一代代老工艺人胼手胝足创业的心血。黄仁盛上山开荒的年代，物资十分匮乏，工作条件辛苦，有的青年社员受不了苦而离开。黄仁盛坚守山上，每天从早到晚劳作，三餐还要自己煮饭，经常吃不上菜，只好拌盐开水吃。夏天，酷暑难耐，蚊虫叮咬；冬天，寒风呼啸，屋子嘎嘎作响。他精神抖擞，毫不丧气，不懈创业，并取得了初步成果。他的事迹感染了很多社员，耕山队壮大起来了，收获的水仙茶、杂粮、药材也不断增多，楮林山由荒山变成了宝山。

从重温老工艺发展历程中增强创新意识。老工艺最初都是小农经济、小作坊经济的产物，只有在传承技艺的基础上勇于创新，既保持其本质，又持续提升技术、工艺和质量，才能得到长足发展。黄仁盛带领耕山队走上了科学种植之路，矮茶树品质更高，也好采摘，他从选择矮种茶做起改进种植方式，清明后注意防治病虫害，提高了茶青质量。为提高茶叶质量，社里决定在山上建茶厂，就地制茶，黄仁盛自告奋勇担负起工艺最高的筑炭窑工作，披星戴月搬石运土、筹备木炭，经过七八次尝试终于筑成炭窑，提升了制茶工艺。

饮水当思源。如今，不少老工艺早已走上了工厂化生产道路，创出知名品牌，畅销于国内外市场。但我们应当常常回首走过的路，从中汲取精神、技艺的营养，获得前行的力量。同时，也要看到有一些老工艺仍藏在深闺名声不显，亟待我们去传承光大。把更多的老工艺做大做强，必能为高质量发展助力赋能。

醇不过“水仙”*

金文钦

建阳区有地名“小湖”与“大湖”。人们或以为大湖大、小湖小，殊不知，小湖是镇，大湖是村。但村名何以冠名为“大湖”，是否因为那里是中国水仙茶原产地？大湖为什么是中国水仙茶原产地？为解开这一疑问，在一个春暖花开的日子，我和友人兴致勃勃地驱车前往水仙茶的故乡。

当我们身临其境，不禁惊叹那里的青山绿水。大湖地处武夷山麓，紧挨南浦溪畔，有着独特的气候。土壤是岩质风化土，正合陆羽《茶经》的记载——“上者生烂石”的标准。因有得天独厚的环境，其原料制成的乌龙茶香气高扬，滋味甘醇，成为中国茶叶中的佼佼者。

* 本文原载《福建日报》2023年5月6日。

我们游览山坡上的绿色茶园，参观茶场里的制茶工艺，倾听专家饶有兴味的叙说，啜品冲泡之后乌龙茶的味道。于是，“水仙”的姣好容颜便渐渐地在眼前清晰起来。

话题从水仙茶的历史开始。清道光《瓯宁县志》记载：“水仙茶出禾义里（今小湖镇）大湖之大山坪，其地有岩叉山，西乾厂某甲业茶，樵采于山，偶到洞前，得一木似茶而香，遂移栽园中，祝桃仙洞前。”小湖方言“祝仙”与“水仙”音近，人们遂称之为“水仙”。也有人认为，此茶有很柔的水仙花

我国茶界泰斗张天福先生为建阳区小湖镇大湖村题词

香，故称为“水仙茶”。至于水仙茶被发现的时间，《小湖镇志》记载：对照建瓯县詹金圃茶庄种植水仙茶的历史，“道光初年”的说法似更接近，即19世纪20年代。

水仙茶发源地在建阳小湖镇大湖村。水仙茶是国家级茶树良种之一，大湖水仙茶名列48个“中国国家级茶树良种”，是全国41个半乔木大叶型茶树良种的第一个，堪称福建省茶叶中的一颗明珠。早在约1000年前，建阳、建瓯一带就有这种茶树，但人工栽培却是距今300多年前的事。

清光绪年间，水仙茶发展进入兴盛时期，以大湖“岩叉水仙”茶出口为之最。广东、香港茶商纷纷到大湖开设茶庄，鼎盛时期茶叶交易量突破万担。当时大湖水路交通发达，每逢春茶开采之时，全国各地茶商纷至沓来，南浦溪上船只首尾相衔，十分壮观，最多时运输船只达300余艘。茶叶的繁荣带动了服务业的发展，大湖周边，码头附近，尽是茶楼酒店、旅馆赌场。为吸引客商，有些茶庄还请江西广丰的戏班前来献艺。

还听闻一件轶事：1925年，大湖黄荣茂茶庄制作出一批独具风韵的茶叶，在福建省举办的闽北茶产区茶叶擂台赛上荣获头等奖。当时的福建省省长萨镇冰亲自赠送《武夷春色》金匾一幅，大湖水仙更是声名远播。

水仙茶属小乔木大叶类，发芽较晚，一般要到清明后才能开采。水仙的成品干茶外观较一般茶粗壮，呈油亮乌褐色，其茶色浓重、茶味鲜醇，有兰花香味，有的是乳香味或水仙花香。冲泡之后香味更为悠长。在武夷茶区，素有“醇不过水仙，香不过肉桂”的评价，就说到水仙茶的独特品质，是消费者青睐的上乘佳品。

目前闽北及福建省多数地区都广种水仙茶，其产量占到用水仙茶为原料制作的乌龙茶总量的一半以上，并引种到浙江、广东、安徽、四川、台湾等地。在福建省，有建阳、建瓯、永春、漳平四个水仙茶主产地，建阳区小湖镇是水仙茶发源地。

20世纪五六十年代，大湖出过一位与水仙茶结缘的闻名全省的劳动模范，他就是被誉为“楮林山上不老松”的农民黄仁盛。1955年，年近六十的黄仁盛带领农民上山开垦茶园。他长年住在山上，风餐露宿，艰苦奋斗，开山造茶，开垦茶园300多亩，为繁衍水仙茶叶作出了贡献。黄仁盛因此享誉八闽山乡，曾八次被评为省、地、县劳模，光荣出席华东区农业“群英会”。1961年《福建日报》发表长篇通讯《楮林山上不老松——记共产党员黄仁盛带领群众艰苦奋斗开发山区的事迹》，并配题为《革命的乐天派》的评论。而后，《人民日报》全文转载《福建日报》的通讯和评论。黄仁盛去世40多年了，但他变荒山为宝山的故事，至今仍广为流传。其实，黄仁盛的女儿黄水英及其儿子、儿媳妇等四代人赓续着与水仙茶结缘的故事，为水仙茶的繁衍默默耕耘，发扬了“不老松”艰苦奋斗的精神。

目前，小湖镇种植水仙茶1.1万多亩，几乎村村都有种植茶叶。水仙茶已成为农民致富、集体增收的绿色产业。小湖作为水仙茶原产地，重在提高茶叶质量，保护好生态环境。正因为这样，小湖获得了“福建省生态镇”称号。思路见出路。我们有理由相信，水仙茶作为武夷山下的一朵奇葩，一定会长得更加鲜嫩，散发出更加浓郁的醇香。“不老松”黄仁盛当年播下的种子，如今已结硕果！

“一片叶”引发的效应*

记者　游庆辉　姚雨欣　通讯员　邱晴　吴大灼

“经过7道制作工序，茶汤呈菊黄色，花香浓郁，入口甘甜，回甘明显。”日前，南平市建阳区小湖镇大湖村的茶人黄清清向茶友展示推介水仙茶：“我们家到我这已是第四代茶人，将这片‘金叶子’传承好，是一份责任。”

山环水绕、景色秀丽的大湖村，是中国水仙茶的发源地。这里流传着“不老松”黄仁盛开荒种茶、种树造林的故事。不老松下春常在。如今，水仙茶已成为富民强村的绿色产业，当地以大湖村农业合作社为试点，采取“党支部+合作社+农户”模式，促进茶农致富、茶企增收。

“水仙祖庭历史悠久，创新发展势在必行。我

* 本文原载《福建日报》2023年8月18日。

们以茶文化、茶产业、茶科技‘三茶’统筹发展为引领，整合福建省茶树优异种质资源保护区、祝桃仙洞、老枞水仙母树基地等三大资源，打造集中连片水仙茶生态茶园，推动茶产业高质量发展。”大湖村驻村第一书记饶晓勇介绍。

目前，小湖镇水仙茶种植面积1.1万余亩，茶叶年产量500多吨，产值达1.3亿元，一幅“望得见山、看得见茶、茗韵悠长”的美丽乡村画卷在这里徐徐展开。

“一片叶”越做越好，辐射带动当地特色农副产

2018 年福建省农业厅为大湖村水仙母树确址

品销售，促进村民增收。当地以水仙茶为突破口，推动“小湖三宝”即小湖水仙、祝中红糖和小湖杨梅产业链升级，并聚焦竹荪、地瓜、甘蔗等农产品资源，因地制宜发展特色产业。

眼下，小湖积极打造集茶产业发展、休闲观光旅游于一体的乡村振兴新引擎，通过举办喊山祭祀节、编撰《水仙茶·祖庭》画册、拍摄《水仙祖庭》微电影等形式，擦亮“水仙祖庭”品牌，做好茶、农、旅融合发展文章。

楮林山之歌

1=D $\frac{4}{4}$

每分钟60拍　亲切、赞美地

王文铿 词
何群茂 曲

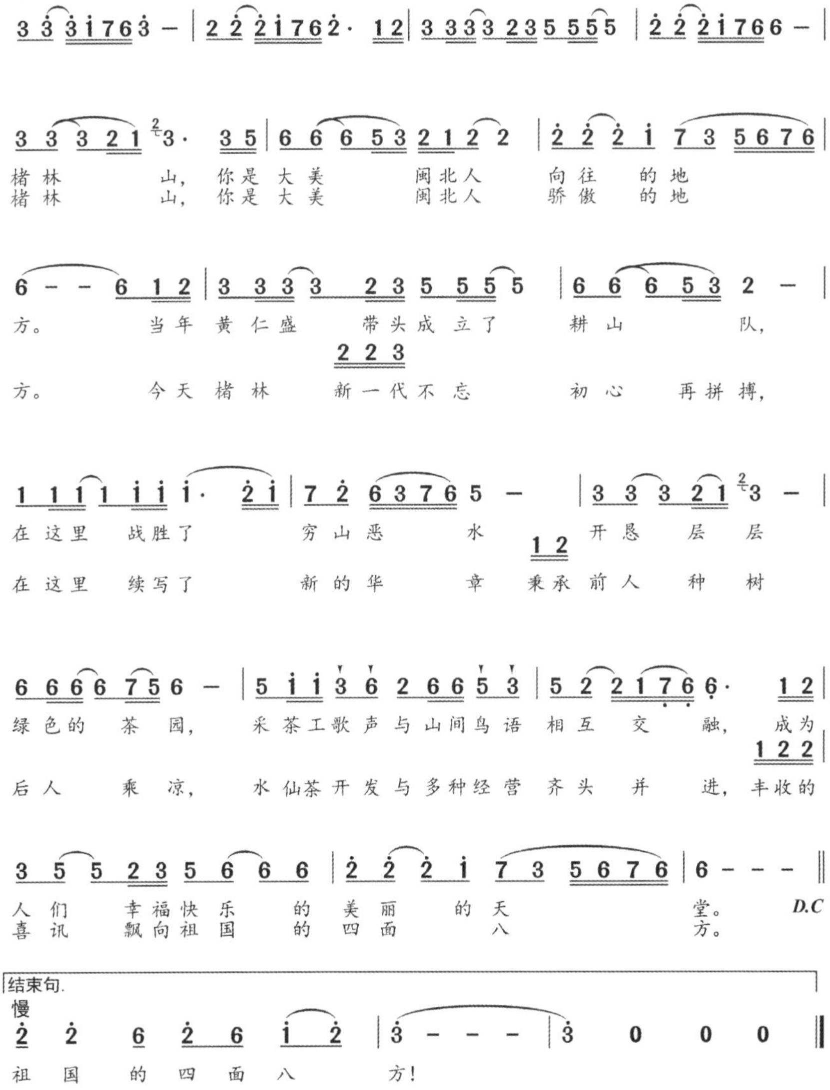

编　后　语

王文铿

在我30多年的新闻工作生涯中，报道华东区农业劳动模范黄仁盛带领社员开荒创业的感人事迹，是我所做的一件比较重要的事。同时，黄仁盛的先进事迹在《福建日报》《闽北日报》《福建支部生活》等党报党刊多有报道。在老领导王仲莘的鼓励下，我着手编辑《楮林山之歌》，精选宣传黄仁盛先进事迹的稿件汇集成册，方便人们阅读，更好地传承“不老松”精神。

20世纪五六十年代，华东区农业劳动模范黄仁盛带领社员将“荒山变宝山”，写就“楮林山上不老松”的传奇故事。1961年11月，我与黄金山、朱云旺合作采写了长篇通讯《楮林山上不老松》，王仲莘用笔名“朱丹红”撰写了《革命的乐天派》的评论文章，两篇文章在《福建日报》刊发后，于12月7日被《人民日报》转载，接着又有多家省报转载，福建人民出版社也以《革命乐天派》为书名，为这组报道出了小集子，在全国造成很大影响。

《楮林山上不老松》见报后，我又多次深入现场采访，深挖劳模事迹，撰写了《和黄仁盛相处的日子》《楮林山上又一年》等通讯，多方位展示黄仁盛的精神风采。前些年，我在精力尚为充裕时，撰写了自身作品的感悟集《往事如歌》，其中有几篇涉及当年采写黄仁盛事迹的感悟，这次与通讯一起收入这本集子，可以帮助人们更好地了解这一典型人物的采写、宣传背景。

从1961年底到1964年，是宣传黄仁盛典型事迹的高峰期，这时候，有追踪报道黄仁盛先进事迹的，有报道各地向黄仁盛学习的实际行动，还有黄仁盛在劳模大会上的两次发言和一篇署名文章，这些都生动揭示了他的感人事迹和高尚精神品格。由于历史久远，这些文章已经查寻不易，因此显得十分珍贵。将这些报道收集起来，是一件颇有意义的事。

改革开放之后，“不老松”精神的传承得到延续，《福建日报》《闽北日报》等媒体对此陆续进行报道，这本集子择优予以收集。黄仁盛开荒种植水仙茶，还创制茶工艺，对水仙茶的传承发展起到了重要作用。这本集子还收集了几篇有关水仙茶传承发展的报道、评论，可以让人们从中加深对黄仁盛的了解。

《楮林山之歌》结集出版，得到相关领导和各方人士的大力支持和帮助。我要特别感谢福建省委宣传部原副部长、福建省新闻协会名誉主席王仲莘的悉心指导并为本册子作序，特别感谢福建省委宣传部原副部长、福建省炎黄文化研究会常务副会长马照南百忙中阅读书稿并作序，特别感谢福建省广播影视集团党组书记、总编辑曾祥辉欣然为本册子题写书名。还要感谢收入本册子相关文章的各位作者。

先进典型是激励人们奋发有为的榜样力量。黄仁盛身上蕴含的“不老松”精神历久弥新，仍具有重要的现实意义。将宣传黄仁盛先进事迹的主要作品收集起来，为传承“不老松”精神出一份力，让我感到欣慰。

2025年1月